미니어처
하우스

* 이 도서의 국립중앙도서관 출판예정도서목록(CIP)은 서지정보유통지원시스템 홈페이지(http://seoji.nl.go.kr)와 국가자료공동목록시스템(http://www.nl.go.kr/kolisnet)에서 이용하실 수 있습니다.
(CIP제어번호: CIP2020008248)

미니어처
하우스

김아정
박규민
박선우
오성은
소설집

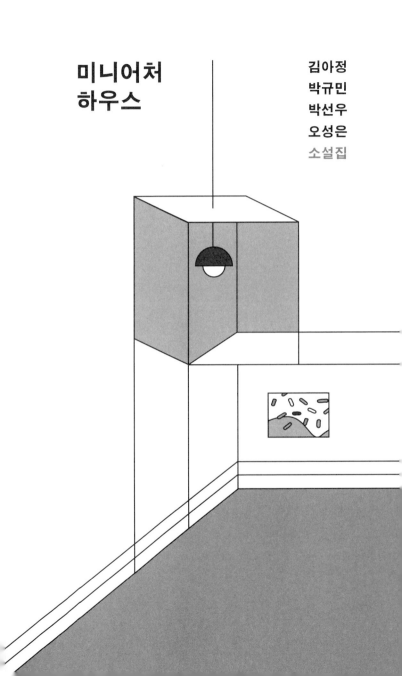

당신과 나의 선

안과 밖을 나누는 법은 간단하다. 하나의 선(線)을 긋는 것이다. 선의 탄생은 안과 밖의 발명이기도, 구분이기도, 배척이기도 하다. 누군가 나에게 둘 중 어느 위치에 서고 싶은지 묻는다면 나는 특별한 이유가 없는 한 '안'이라고 대답할 것이다. 우리는 이미 알고 있다. 어느 곳이 긍정이고 부정인지, 빛이고 어둠인지, 지향점이고 지양점인지 말이다. 그러므로 우리가 살고 있는 이 세계는 하나의 선으로 분리되어 있다고 해도 과언이 아니다. 모두가 안으로 들어가려 한다. 혹은 자리를 보전하기 위해 타인들을 밖으로 밀어내려 한다. 이쯤 되면 한 가지 의문이 생길 수밖에 없다. 다 같이 저 빌어먹을 선을 지워버리면 되지 않는가, 하고 말이다. 그렇지만 이런 질문은 누구의 마음도 흔들어놓지 못하는 것 같다. 아무도 귀담아듣지 않는 것 같다. 이쯤 되면 한 가지 깨달음이 생길 수밖에 없다. 이 세계를 반으로 갈라놓는 선은 어쩌면 우리 자신이 아닌가, 하고 말이다.

지난여름, 어쩌면 초가을 무렵 이 책의 주제를 정하기 위해 나를 포함하여 젊은 소설가와 시인들이 한자리에 모였다. 우리는 고심 끝에 '인사이드-아웃사이드'라는 주제에 전원 동의했다. 후보로 언급된 다른 주제들도 충분히 흥미로웠으나(나는 그 난상 토론의 혼란과 쾌활을 잊지 못한다) 각자 개성이 다른 작가들을 한데 엮을 수 있는 끈으로 '저 빌어먹을 선'의 보편성을 감지했던 것이 아닐까 싶다. 작품 활동을 시작한 지 얼마 되지 않은 신예들인 만큼 안과 밖을 나누는 경계에 대해 누구보다 예민한 감각을 지닌 까닭도 있었을 것이다. 그러므로 이 책에 작품을 실은 김아정, 박규민, 박선우, 오성은 소설가가 주목한 결렬의 순간과 그로 인한 풍경이 저마다 어떻게 다른지 살펴보는 일은 독서의 또 다른 즐거움이 될 것이다.

　오랫동안 지켜만 보던 울타리를 훌쩍 뛰어넘고 나서 뒤를 돌아본 경험은 누구에게나 있다. 넘고 보니 별것 아니라는 것을, 이쪽과 저쪽이 크게 다르지 않다는 것을, 내가 서 있는 위치에 따라 안과 밖이 달라지기도 한다는 것을 우리는 매번 뒤늦게 깨닫는다. 깨닫고, 잊어버리고, 다시금 깨닫기를 반복한다. 그것이 삶일까. 그러므로 가끔은 바닥에 드러누워 광활한 하늘을 올려다보는 시간이 필요하다. 어떠한 선으로도 구획되지 않는 세계를 차분하게 관조하려는 의지가 필요하다. 우리가 문학 작품을 읽는 이유도 이와 다르지 않을 것이다. 당신과 나의 구분을 지워보는 일. 저 너머의 생을 이편으로 불러들이는 일. 시간과 공간을 초월하여 타자와 조우하려는 노력은 언젠가 우리의 선(線)을 선(善)으로 바꾸는 기적을 이룰지도 모른다.

2020년 3월
박선우

차례

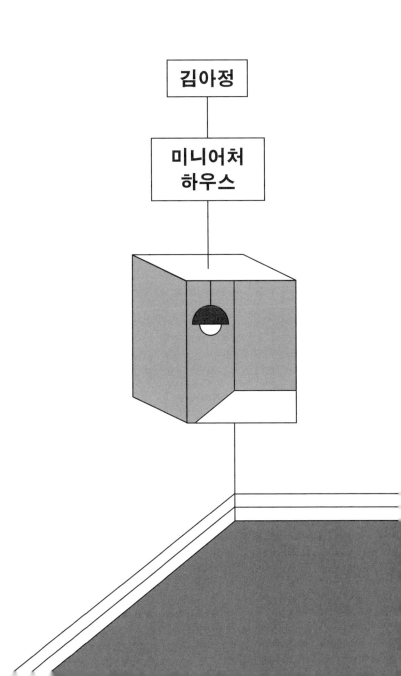

김아정

미니어처
하우스

낯선 밤, 덜 익은 꿈을 꿉니다. 불면증을 탓하기 위해 카페인을 계속해서 마십니다. 고장 난 시계를 고치지 않고 지내고 있습니다. 밤 산책을 하는 발걸음처럼 느려졌다 빨라졌다 합니다.

언니는 말수가 적었는데 그건 마치 혀 아래 있는 칼을 감추기 위한 것처럼 보였다. 언니는 이따금 칼을 꺼내 상대의 가장 여린 살을 찔렀다. 가장 충격적이었던 것은 무표정한 언니의 얼굴이었다. 함께 살면서 나는 언니에게 찔리지 않기 위해 내 나름의 방어벽을 만들어야 했다. 저 인간은 어차피 내가 이해할 수 없는 종족이니까. 이런 전제를 깔고 나면 언니가 무슨 말을 휘두르든 나 역시 언니처럼 아무렇지 않을 수 있었다. 엄마는 언니의 칼을 막지도 피하지도 않았다. 만신창이가 되도록 베였다. 내 눈에는 엄마 역시 이해할 수 없는 종족이었다. 엄마는 언니를 야단치지 않았다.

"엄마는 내가 대들면 혼내면서 언니는 왜 안 혼내? 언니한테도 뭐라고 좀 해."

"은재 쟤는 맞는 말만 하잖아. 끼어들 틈이 없어. 너는 그냥 땡깡 부리는 거고."

엄마가 내 볼살을 꼬집었다. 사실 나도 언니 못지않게 예민한데 저 인간이 온갖 예민을 다 떠는 바람에 나는 집에서 아무거나 다 잘 먹는 우둔한 역할을 맡게 됐다. 나는 언니를 흘겨봤다. 싸가지 없는 년. 속으로 욕했다. 언니는 귀신같이 내 눈빛을 의식하곤 뒤를 돌아봤다. 나는 아무 일도 없던 양 휴대전화를 들여다봤다.

"들어가서 공부 좀 해. 대학 진학 생각 없으면 계속 그러고 있고."

엄마도 안 하는 잔소리를 언니가 다 한다. 엄마도 이따금 쓴소리를 하지만 좋은 말을 더 많이 하려고 노력한다. 잘해주려고 애쓰는 게 훤히 보여서 가끔은 어색할 정도였지만 나는 알은체하지 않았다. 계속 엄마의 커다란 막내 강아지로 있기로 했다. 그게 내가 엄마에게 해줄 수 있는 최선이었다.

주변 사람들은 입을 모아 엄마를 칭찬했다. 언니와 나를 야무지게 기르면서 본인의 커리어도 꾸준히 쌓아나간 점이 매우 훌륭하다고 했다. 언니는 명문대를 나와 대기업에 입사했으며, 엄마는 경력이 20년도 넘는 출판계에서 알아주는 번역가였다. 나를 잘 길렀다는 것은 대충 끼워 맞춘 칭찬인 듯하다. 무엇보다 엄마가 매사에 긍정적이며 배려심이 깊어 주변 사람들을 즐겁게 만든다고 했다. 엄마는 언제나 사람들의 정중

앙에서 환하게 웃는 얼굴로 사진에 찍히곤 했다. 자신의 일터에서도, 주말마다 나가는 골프 클럽에서도, 가끔 모이는 와인 동호회에서도, 전원주택 단지 주민 행사에서도, 동창 모임에서도, 내가 짐작할 수 없는 무수한 사람들 속에서도 그랬다. 나는 엄마의 인스타그램 피드를 살피며 나보다 열 배는 많은 하트 수에 놀라다가, '미소가 아름다우세요'와 같은 댓글을 달고 있는 아저씨의 프로필을 염탐하다가, 이내 다시 엄마의 게시물에 하트를 눌렀다.

"언니. 이거 봐봐."

엄마는 언니를 팔로우했지만 언니는 엄마를 팔로우하지 않았다. 나는 두 사람 모두와 인스타그램 친구였다. 나의 맛집 투어 사진에 달린 열 개 남짓의 하트 가운데 두 개는 언제나 두 사람의 몫이었다.

"아, 언니. 이거 좀 봐봐. 대박이야."

나는 언니에게 휴대전화를 들이밀었다. 언니가 노트북으로 타이핑을 하다가 잠시 멈췄다.

"여기가 준모 아저씨네 별장인가 봐."

'Homeparty'라는 태그가 달린 엄마의 사진이었다.

언니만 아니었으면 나도 저 사진 속에서 바비큐를 먹고 있을 거였다. 언니가 화면을 살피더니 작게 한숨을 내쉬었다.

"넌 어디 가서 함부로 웃어주지 마. 웃음이란 건 아름답지만 어떤 사람들은 그걸 헤프고 가벼운 것으로 오해하거든. 웃음의 무게를 아는 사람에게만 웃어줘."

얼음 공주 납셨네. 나는 속으로 대답했다. 할 말을 잃게 만드는 언니의 놀라운 화술에 나는 또 졌다. 언니와 엄마 사이에서 나는 언제나 저울질을 해야 했는데 나이를 먹을수록 언니에 대한 환멸이 점차 나를 엄마 쪽으로 기울게 했다. 내가 엄마를 따라 준모 아저씨의 집으로 가겠다고 했을 때 언니는 엄마보다도 더 엄마처럼 굴며 나를 막아섰다. 언니는 내 학업을 근거로 들며 나를 집에서 떠나지 못하게 했다. 가끔 내가 엄마랑 살고 싶다고 소리치면 언니가 내 등짝을 때렸다.

"너도 생각이란 걸 좀 해. 저 영감탱이가 정말 너랑 같이 살고 싶어서 저러는 것 같니?"

나는 언니의 말에 반박하지 못했다. 짐짓 생각하다가 언니에게 넌지시 물었다.

"그럼 언니는 나랑 살고 싶어?"

언니는 내 말을 못 들은 척 노트북 충전 선을 찾아 꽂고는 더 빠르게 타이핑했다. 엄마에게 청구할 나의 학원비와 가계 생활비를 정리하는 것이었다. 나는 언니를 등지고 부엌 찬장을 뒤져 간식거리를 찾았다. 언니에게 이렇다 할 대답을 바라는 것이 아니다. 언니도 나의 대답을 듣고 싶은 것이 아닐 것이다. 언니는 나의 대답을 정해놓았고 내가 무슨 말을 하건 본인이 생각한 답을 믿어버렸다. 나는 그냥 할 말 한 것으로 족했다. 언니와 나의 대화는 소통의 여부와 상관없이 결론적으로 아무 문제가 없는 듯 보였다.

학교가 끝나자 엄마가 교문 앞에 서 있었다. 엄마는 이렇게 불쑥 찾아오곤 했다. 언니의 참견을 피하려는 방편인지도 몰랐다. 엄마랑 저녁 약속이 있다고 문자를 보내면 언니는 '그 인간도?' 하고 되물었다. 같이 있다고 하면 그 즉시 귀가행 조치가 내려졌다. 교문 맞은 편에 준모 아저씨의 고급 세단이 세워져 있었다. 엄마는 처음 보는 명품 클러치를 손에 들고 있었다. 엄마에게서 백화점 1층에서 풍기는 특유의 진한 향수 냄새가 났다. 같이 하교하던 소미가 엄마에게 인사를 했다. 엄마는 소미의 이름과 그 애가 경찰대를 목표로 공부하고 있다는 것까지 기억해내며 반갑게 말을 건넸다. 엄마가 소미와 잠깐 떠드는 동안 나는 길 건너편에서 손을 흔드는 준모 아저씨와 어색하게 인사를 주고받았다.

"소미, 대단하다. 학원도 안 가고 집에서 혼자 공부한다고?"

"어차피 남은 건 복습뿐이라서 집에서도 충분히 할 수 있어요."

"우리 은비는 학교 진도 따라가기도 벅찬데."

"아, 엄마. 고 1이 수능 기출문제까지 푸는 게 유별난 거지. 학교 수업대로 따라가는 내가 정상인 거."

엄마가 소미와 한편을 먹고 예습의 중요성을 들먹이며 나를 나무랐다. 준모 아저씨가 다가와 내 편에 섰다.

"이룰 수 없는 계획을 세울 바에야 할 수 있는 최선을 다하는 게 중요하지. 지금은 일단 다들 차에 타는 게 최선일 것 같은데?"

아저씨의 말에 나는 고개를 끄덕였다. 뭘 알고서 끄덕

인 게 아니라 '이룰 수 없는 계획'이란 말이 마음속 깊숙이 파고들어서였다. 나는 줄곧 조용히 있었음에도 나에 대한 토론은 소미를 집에 데려다줄 때까지 계속됐다.

소미가 아파트로 향하는 모습을 지켜봤다. 동시에 나는 차창에 바짝 붙어 집에 불이 꺼져 있는 것을 확인했다. 언니가 집에 오지 않은 지 오늘로 벌써 4일째다. 엄마가 내비게이션에 언니의 회사 근처 호텔을 입력했다. 화요일에 집을 나서면서 회사 연수 때문에 목요일에나 집에 올 거라고 이야기했는데 벌써 금요일이었다. 엄마가 언니의 퇴근 시간에 대해 물었다. 전화도 여러 번 걸고 메시지도 수도 없이 남겼지만 언니에게서 아무런 연락이 없었다. 회사 연수에도 연장 근무가 있는 건가 싶었다. 언니는 지금 어디서 뭘 하고 있는 걸까? 바빠서 연락할 틈이 없는 거겠지? 퇴근 시간 직전이니 지금쯤 회사에서 일을 마무리 짓고 있겠지? 나는 고민하다가 언니에게 최후의 메시지를 남겼다. 언니는 평소 메시지를 잘 확인하지 않다가도 엄마나 준모 아저씨 관련 이야기가 나올 때면 귀신같이 알고 즉각 답을 했다.

언니. 오늘 엄마 책 나온 날이라고 다 같이 외식한대. 준모 아저씨도 같이 있어.

몇 분 지나지 않아 언니에게서 '안 돼' 하는 단호한 답장이 올 거라고 확신했다. 아저씨의 세단이 호텔 앞에 도착했다. 언니가 휴대전화를 잃어버렸나? 별별 생각이 다 들었다. 언니에 대한 생각으로 머릿속이 터질 것 같은 와중에도 뷔페 접시를 손에 들자 어느샌가 아무 생각 없이 먹을 것을 주섬주섬 그릇에 담고 있었다. 뷔페에 교복을 입은 학생은 나뿐이었다. 엄마 또래의 손님들이 대부분이었다. 나는 배 나오고 머리가 벗겨진 아저씨들을 물끄러미 봤다. 여자들하고만 살아서 저런 아저씨들의 나이는 도무지 짐작할 수 없었다. 나의 아빠도, 언니의 아빠도 이 세상 어딘가에서 저렇게 늙어가고 있겠지. 새삼 준모 아저씨가 여기 아저씨들 가운데 가장 훤칠하다는 것을 깨달았다. 나는 포크로 파스타를 휘휘 감으며 둘의 모습을 찬찬히 살폈다. 뭐, 엄마의 사랑을 듬뿍 받아서겠지. 둘은 나름 잘 어울렸다. 파스타를 몇 입 먹다가 내려놓았다. 입에 잘 맞지 않았다. 테이블 가운데 쌓아둔 잔반 그릇에 파스타를 덜었다. 지나가던 직원이 빠르게 그릇을 치웠다.

사실 나는 둘의 동거를 나쁘게 생각하지 않았다. 언젠가 결혼을 해도 괜찮다고 생각했다. 엄마도 엄마의 인생이 있는 거니까. 아저씨는 엄마가 사귀었던 남자들 가운데 제일 착했고, 유일하게 우리와 가족이 되고 싶어 하는 사람이었다. 또 자기 공방을 가지고 있어서 나무로 된 것이라면 뭐든지 다 만들어줬다. 내 방에 있는 책상도 아저씨가 만들어줬다. 책상에서 공부를 하고 있노라면 언니의 화장대가 생각났다. 아저씨는 우릴 위해 가장 아끼던 원목을 꺼내 가구를 만들었다. 언니는 아저씨가 만들어준 화장대에 대형 폐기물 신고 스티커까지 붙여 분리수거장에 내다 버렸다. 나는 화장대를 도로 주워다가 소미네 집에 숨겼다. 다음날 엄마를 불러 도로 가져가게 했다. 엄마는 언니 앞에서는 찍소리도 못 하면서 나에게 언니 욕을 한바탕 퍼부었다. 엄마 말마따나 그런 화장대는 부잣집 사모님들이 와서 천만 원씩 주고 사 가는 명품이었다. 언니가 보는 눈이 없다나 뭐라나.

좋아하는 킹크랩을 원 없이 먹고 난 뒤 후식으로

바리스타가 즉석에서 제조해준 돌체 라테를 마셨다. 너무 많이 먹어 배 속이 더부룩했다. 엄마가 손목시계를 확인했다.

"은재 퇴근했겠다. 여기로 바로 오라고 전화해봐."

"언니, 오늘 회사 회식이랬어."

차라리 엄마한테 솔직하게 털어놓을 걸 그랬나. 뒤늦게 후회가 밀려왔다.

퇴근했어? 메시지 보면 바로 연락 좀 줘.

내가 테이블 아래에서 메시지를 입력하고 있을 때 엄마가 자리에서 일어났다. 나에게 먹고 싶은 과일을 물었다. 나는 엄마를 따라 벌떡 일어나 아저씨에게 먹고 싶은 과일을 물었다.

"아무거나 다 잘 먹기는 하는데 굳이 고르자면 망고스틴이랑 멜론 위주로? 같이 가서 보자."

눈치코치 없는 아저씨가 엄마와 나를 뒤따랐다. 나는 엄마 옆에 꼭 붙어 걸으며 계속 눈짓을 보냈다. 엄마에게만 슬쩍 얘기하고 싶은데 좀처럼 기회가 나지 않았다. 엄마는 나와 나란히 걸으면서도 앞서 걷는 아저씨만 쳐다봤다. 디저트는 어디 호텔이 맛있었다는 등 둘만 아는 주제로 이야기꽃을 피웠다. 발걸음이 느려지다가 이내 멈추었다. 두 사람은 멈추지 않고 걸었다. 점점 멀어져가는 둘을 바라봤다. 접시에 음식을 산처럼 쌓은 할머니가 앞에 서더니 비켜달라고 손짓했다. 나는 한 발짝 옆으로 비켜섰다. 죽은 새우들과 눈이 마주쳤다. 할머니는 몸집이 가장 큰 새우를 산 정상에 올려놓았다.

아저씨가 차를 예열시키는 동안 엄마와 나는 주차장에 나란히 서 있었다. 처음으로 단둘이 있게 된 타이밍이었는데 입에서 엉뚱한 말이 튀어나왔다. 집 방향도 다르니 그냥 버스를 타고 집에 가겠다고 했다. 엄마가 저녁 잘 먹어놓고 갑자기 왜 시큰둥하게 구느냐며 타박을 줬다. 그러고는 나를 억지로 아저씨의 세단에 태웠다. 집으로 가는 내내 창밖만 쳐다봤다. 엄마가 내 쪽을 돌아봤지만 나는 눈길조차 주지 않았다. 가죽 시트 냄새가 역했다. 아파트 주차장에 내리자마자 나는 참고 있던 숨을 토해냈다.

엄마가 조수석에서 내려 나를 뒤따랐다. 엄마와 나는 아파트 화단 옆을 느릿느릿 걸었다. 엄마가 나한테 왜 그러느냐고 묻기에 '내가 뭘' 하고 답했다. 언니의 말을 흉내 내보았다. 엄마가 아파트를 올려다보더니 집에 불이 꺼져 있는 것을 보곤 아쉬워했다.

"은재 얼굴도 보고 싶었는데."

"마음에도 없는 소리."

엄마에게 들리지 않도록 작게 말했다.

엘리베이터 앞에서 엄마는 작은 쇼핑백을 내밀었다. 쇼핑백에는 엄마의 신간 에세이집 두 권과 커다란 프릴 리본으로 포장된 선물 상자가 들어 있었다. 비누는 내 것이고, 향수는 언니 거랬다. 프랑스의 유명 조향사가 새로 론칭한 브랜드 제품인데 향이 좋아서 엄마도 요새 이것만 쓴다고 했다.

"근데 은재가 향수를 썼나? 향수 안 쓰는 사람은 줘도 안 쓴다고 하던데."

"그런 것도 몰라? 언니, 향수 잘 안 써. 가끔 주말에 외출할 때만 쓰지."

"어머, 데이트?"

"그런 말 안 하는 거 알잖아."

엘리베이터가 1층에 도착했다. 뒤도 안 돌아보고 바

로 닫힘 버튼을 눌렀다. 엄마가 엘리베이터 문을 막고 내 앞에 섰다. 손에 돈을 쥐여주었다. 아저씨가 주는 용돈이야. 나는 가만히 돈을 움켜쥐고 엄마를 쳐다봤다. 엄마가 한 걸음 뒤로 물러섰다. 문이 닫힙니다. 익숙하던 엘리베이터 안내 음성이 낯설게 들렸다. 성우가 바뀌었나? 원래 저런 대사였나? 엄마가 나에게 손을 흔들었다.

"엄마."

"응."

"그 가방 안 어울려."

엄마가 자신의 클러치를 내려다봤다. 문이 완전히 닫혔다. 엘리베이터 안에 엄마의 향수 냄새가 가득했다. 6층에 도착하자 냄새는 어느새 익숙해져 더 이상 느껴지지 않았다.

9시 무렵 언니에게 다시 전화를 걸었다. 벌써 열두 번째 전화였다. 드물게 외박을 하는 경우는 있었지만 이렇게 말도 없이 사라진 건 처음이었다. 베란다 문간에 서서 주차장에 세워진 언니의 흰색 소형차를 물끄러미 살폈다. 작년에 언니는 적금을 깨서 차를 샀지만 몰고 나간 건 손에 꼽혔다. 외할머니, 외할아버지의 수목장림에 가거나 친구들과 근교 여행을 가는 것 정도가 전부였다.

거실 소파에 엎드려 휴대전화를 만지작거리다가 언니의 인스타그램을 확인했다. 마지막 게시물은 지난달 언니의 친구 생일 파티 때 찍은 사진이었다. 카페에서 언니와 언니 친구들이 케이크 앞에 옹기종기 모여 저마다 포즈를 취하고 있었다. 나는 언니의 어색한 미소를 가만히 들여다보았다. 언니가 어색하게 웃는 것인지, 나에게 언니의 미소가 어색한 것인지 알 수 없었다.

나는 생일의 주인공인 민서라는 사람의 프로필을 확인했다. 그 사람 계정에 방금 올라온 사진이 있었다. '친구들과 같이'라는 글귀와 함께 와인 잔들이 부딪히고 있었다. 잔 가운데 하나는 언니의 것일지도 몰랐다. 나는 민서라는 사람에게 메시지를 보냈다.

은재 언니 친구시죠? 저 은재 언니 동생인데요. 혹시 지금 언니랑 같이 계세요?

답장을 기다리는 내내 심장이 두근거렸다. 나는 와

인 잔을 들고 있는 사람들의 손을 확대해서 살폈다. 손은 저마다 화려한 네일 아트로 꾸며져 있거나 반지를 끼고 있었다. 우리 집에는 컬러 매니큐어가 없었다. 언니는 장신구도 착용하지 않았다. 엄마가 준 가족 반지도 반짇고리에 넣어놓고 한 번도 꺼내지 않았다. 물론 반지를 잃어버린 나로서는 언니를 나무랄 수 없었다. 가족 반지라고 맞췄지만 실은 엄마 혼자 끼고 다니는 반지에 불과했다.

은재 동생이요? 은재가 동생 있다는 말을 한 적이 없어서 잘 몰랐네요. 저야말로 요 며칠 은재랑 연락이 안 돼서 걱정하고 있었어요. 은재한테 무슨 일 있나요?

나는 자리에서 벌떡 일어났다. 뭐라고 답해야 할지 머리가 아팠다. 아까 그냥 엄마한테 얘기할걸. 지금이라도 당장 경찰에 신고해야 하나. 언니는 열한 살이나 어린 여동생과 단둘이 산다는 얘기를 친구에게 말하기가 껄끄러웠던 걸까. 언니는 지금 어디 있는 걸까. 혼자 있는 걸까. 온갖 생각이 머릿속을 어지럽혔다. 문득 떠올려보니 나는 한 번도 언니의 친구를 만난 적이 없었다. 언니에게 친구란 사생활은 공유하지 않으면서 생일 때나 만나는 그런 사람인지도 몰랐다.

언니 집에 돌아오면 연락하라고 전할게요.

민서라는 사람이 알았다고 답했다. 나는 한숨을 내쉬며 자리에 주저앉았다. 엄마에게 전화를 걸려다가 멈췄다. 급한 대로 소미에게 전화를 걸어 집에 와달라고 했다. 소미는 나와 같은 단지에 살아서 서로 집에 자주 놀러 다녔다. 소미의 어머니는 베이킹이 취미였는데 나는 소미의 어머니가 만든 빵을 먹으며 이따금 우리 집 사정에 대해 자연스레 얘기했다. 엄마와 아저씨가 사는 곳은 서울 근교라, 역세권이면서도 교육열이 높은 이곳에서 언니와 둘이 지내게 됐다는 이야기였다. 나이 차가 많이 나서 가끔은 언니가 그냥 엄마 같다는 얘기도 덧붙였다. 괜히 그런 얘기를 해서인지 소미의 어머니는 내가 놀러 갈 때마다 양손 가득 먹을 것을 쥐여주었다. 언니가 불편해한다는 것을 알면서도 나는 소미의 어머니가 만든 빵을 거절할 수 없었다. 언니는 소미가 놀러 오면 다시 과일이나 유기농 주스 같은 것을 들려 보냈다. 그러고는 나에게 거절도 할 줄 알아야 한다며 훈계를 늘어놓았다.

비밀번호 누르는 소리가 들렸다. 언니인가 싶어서 현관으로 쫓아갔다. 소미가 비닐봉지를 부스럭거리며 들어왔다. 내가 비닐봉지를 쳐다보자 소미가 언니 것까지 세 개라며 커다란 마카롱을 내밀었다. 소미는 현관 앞에서 내 표정을 읽고는 멈칫했다.

"언니, 오늘도 안 들어왔어?"

나는 고개를 끄덕였다. 소미는 나에게 예전에도 이런 일이 있었는지 물었다. 나는 고개를 가로저었다. "전화는?" "안 돼." "엄마한테는 얘기했어?" "아니, 아직." 소미와 나는 소파에 나란히 걸터앉았다. "회사는?" "회사?" "언니가 다니는 회사에서 연락 안 왔어?" 그 생각을 못 했다. 무단결근을 했다면 엄마나 나에게 연락이 왔을 것이다. 전에 언니가 나에게 자기 자리로 연결되는 직통 전화번호를 알려준 적이 있었다. 언니는 이따금 10시 넘어서까지 야근을 했다. 어쩌면 지금도 아무렇지 않게 평소처럼 야근을 하고 있는지 몰랐다. 나는 곧장 사무실로 전화를 걸었다. 신호음이 몇 번 이어지더니 누군가 전화를 받았다. 언니의 목소리가 아니었다. 당황한 나머지 나는 아무 말도 못 한 채 옆에 있는 소미의 얼굴을 빤히 바라봤다. 전화기 너머에서 웬 남자가 '여보세요?' 하고 되물었다. 소미가 내 전화기를 앗아갔다.

"혹시 김은재 씨 계신가요?"

"은재 씨 휴가 중인데요. 무슨 용건이신가요?"

"아, 그렇군요. 혹시 언제까지 휴가이신지 알 수 있을까요?"

"그런 건 개인 사정이라 말씀드릴 수 없고요. 은재 씨 담당 업무를 제가 맡고 있으니 저한테 말씀하시면 됩니다."

"아니요. 은재 씨한테 해야 할 얘기라……. 제가 다음에 다시 연락드리겠습니다. 밤늦게 죄송합니다."

소미가 전화를 마치고 내게 휴대전화를 돌려주었다. 소미는 뭔가 골똘히 생각에 잠긴 얼굴이었다. "언니, 남자 친구는?" "그런 거 몰라." 언니는 살면서 나에게 남자 친구에 대한 얘기를 한 번도 한 적이 없었다. 하루는 대뜸 모솔이냐고 캐물었더니 언니가 '모솔은 너겠지'라며 가만있는 나를 찔렀다. 소미는 몇 달 전부터 언니가 연애 중이라고 주장해왔다. 소미가 직접 언니에게 당당하게 물은 적도 있었는데 언니는 딱 잘라 아니라고 답했다. 그런데도 소미는 언니 말을 믿지 못하고 계속해서 나를 추궁했다. 언니가 전보다 살이 포동포동하게 올랐는데 이건 틀림없이 사랑받고 있다는 증거랬다. 나도 살이 포동포동해진 것 같지 않으냐고 물었더니 너는 우리 엄마 사랑을 받아서 그런 거라고 답했다.

소미가 내 손을 잡고 일어섰다. "왜?" "언니 방에 가 보자." 언니는 자기 방에 누군가 들어오는 것을 싫어했다. 어릴 때부터 습관이 들어서인지 나는 좀처럼 언니 방에 들어가는 것이 꺼려졌다. 소미가 방문을 함부로 열었다. 엉망인 내 방과 달리 언니 방은 깨끗하다 못해 썰렁했다.

소미는 언니의 방을 좋아했다. 전에도 이런 식으로 몰래 들어간 적이 있었는데 그때 소미는 언니의 방에 한눈에 반했다. 보다 정확히는 서랍장 위에 있는 언니의 미니어처 하우스에 반한 것이다. 소미는 언니가 없는 틈을 타 미니어처 하우스를 구경하곤 했다. 인형들을 움직여 거실 소파에 앉히거나 2층 발코니에 세워놓았다. 옷장을 열어 갖가지 옷을 갈아입혀보고 모형 스파

게티를 식탁에 올려놓고 먹게끔 두기도 했다. 언니같이 예민한 사람이 이 사실을 모를 리가 없는데도 언니는 별말이 없었다. 나는 혹시라도 언니가 나를 의심할까 봐 언제든 소미의 소행을 까발릴 준비가 되어 있었다.

하지만 언니는 미니어처 하우스를 가지고 놀 때만큼은 퍽 다정했다. 나한테 '은비 너도 만들어볼래?' 하고 내 이름을 부드럽게 불러주기까지 했다. 나는 손재주가 없어서 언니가 만드는 걸 옆에서 가만히 지켜봤다. 언니는 카펫을 무슨 색으로 할지, 커튼을 달지 말지 하는 소소한 것들을 내게 물었다. 언니의 집에 나는 별 감흥이 없었다. 그것을 집이라고 부르기도 좀 그랬다. 내 눈에는 종이를 기워 만든 구조물에 잡다한 액세서리를 본드로 붙여 만든 장난감 모형에 불과했다.

언니가 어울리지도 않게 미니어처 하우스를 좋아하게 된 건 꽤 오래전 일이다. 나는 기억도 흐릿한 시절, 엄마가 나의 아빠와 결혼해 언니를 데려와 살 때의 이야기다. 아빠는 언니와 나에게 매년 생일 선물을 사 주었다. 비록 두 해밖에 받지 못했지만 언니는 그때 컴퓨터와 휴대전화를 받았고, 나는 인형과 장난감 집을 받았다. 나는 그때나 지금이나 인형 놀이에 관심이 없었다. 밖에서는 자전거를 타고 놀았고 집에서는 좋아하는 애니메이션을 여러 번 돌려봤다. 오히려 언니가 인형 놀이에 흥미를 보이면서 장난감 집은 자연스레 언니의 차지가 되었다.

엄마가 아빠와 이혼한 뒤 외할머니 집으로 이사하게 되었을 때, 중학생이나 됐으면서 언니는 자신의 짐으로 가장 먼저 장난감 집을 챙겼다. 엄마가 우리가 쓸 방이 작아서 짐이 된다고 하자 언니는 그럼 컴퓨터를 갖다 버리라고 했다. 결국 작은 방 안에 컴퓨터와 장난감 집을 다 욱여넣었다. 장난감 집이 엄마와 어린 나의 방이 아닌 언니의 방으로 들어가는 것을 보고 외할머니도 의아해했다.

언니의 장난감 사랑은 이후로도 계속해서 이어졌다. 언니는 부속품을 하나하나 신식으로 개조하고 할머니의 재봉틀을 사용해 자기가 직접 인형 옷을 만들어 입혔다. 그런 묘한 취미 덕분인지 언니는 디자인과 대학생이 되었다. 언니는 아르바이트를 해서 용돈을 모아 수

공예와 목공예 학원에 다녔다. 학교에서는 자신이 배우고 싶은 기술을 가르쳐주지 않는댔다. 그때부터 언니는 인형과 인형이 살 집을 직접 만들기 시작했다. 요즘에도 가끔 주말이면 종일 방에 갇혀 접착제 냄새를 풍기며 무엇인가를 만들곤 했다. 나중에 슬쩍 살펴보면 하우스 정원에 못 보던 자전거가 세워져 있거나 그랬다.

"언니. 나 이거 인스타에 사진 찍어 올려도 돼?"

나는 언니의 집을 구경하며 물었다. 언니는 그건 안 된다고 답했다.

"아무한테도 안 보여줄 거면 왜 만들어?"

"너는 꼭 누구에게 보여주기 위해서 사니?"

나는 잔뜩 기분이 상한 채 언니의 방을 나왔다. 언니는 집 주변으로 단단한 하드보드지로 제작된 커다란 장벽을 둘러놓았다. 방문이 살짝 열려 있을 때 나는 벽 너머를 힐끔거리곤 했다. 인형들은 무얼 하고 있을까. 어떤 옷을 입고 어떤 음식을 먹고 있을까.

소미가 미니어처 하우스를 들여다보다가 자전거를 집어 들었다. 자전거 바퀴가 떨어져 있었다. 소미는 자전거를 다시 조심스레 내려놨다. "내가 그런 거 아니다."

언니는 이 사실을 알고 있기나 한 걸까. 알았더라면 그 자리에서 바로 자전거를 고쳤을 것이다. 나는 서랍을 뒤져 순간접착제를 꺼냈다. 언니만큼 잘하지는 못하지만 떨어진 바퀴를 다시 붙이는 것 정도는 나도 할 수 있을 만큼 간단한 작업이었다. 그런데 접착제 통이 비어 있었다. 서랍을 뒤져봐도 여분의 접착제가 보이지 않았다. 망가진 자전거와 빈 접착제 통이 뒹굴고 있는 미니어처 하우스를 보고 있자니 갑자기 섬뜩함이 몰려왔다. 꼭 버려진 폐가처럼 보였다. 나는 하우스 안 곳곳을 둘러봤다. 그간 제습기를 틀지 않아 습기 탓인지 가구 이음새 부분이 조금씩 헐거워져 있었다. 먼지도 수북했다. 나는 곧장 제습기를 켜고 먼지떨이로 미니어처 하우스를 청소했다.

뒤쪽에서 언니의 옷장 속을 뒤적이던 소미가 소리쳤다.

"여기 봐. 급하게 짐을 챙긴 흔적이 남아 있어."

나는 만지작거리던 자전거 바퀴를 내려놓고 소미에게 다가갔다. 소미가 옷장 문을 활짝 열었다. 빈 옷걸이가 듬성듬성 나뒹굴었고 서랍은 옷이 끼어 제대로 닫히지 않았다. 무엇보다 옷장 안쪽에 있어야 할 보라색 캐리어가 보이지 않았다. 원래 내가 수학여행용으로 산 것인데 내 방에는 공간이 부족해 이곳에 보관해 둔 것이었다. 조금 안심이 되는 듯싶다가 괜히 더 불안해졌다. 언니는 불의의 사고를 당해서 집으로 돌아오지 못한 것이 아니라 스스로 짐을 싸서 나간 것이었다.

어디로 간 것일까. 소미와 나는 식탁에 앉아 우유와 함께 마카롱을 먹었다. 소미는 아몬드가 박힌 마카롱을, 나는 초콜릿 마카롱을 먹었다. 각자의 몫을 다 먹고 난 다음 우리는 언니 몫으로 챙겨왔던 블루베리 마카롱을 물끄러미 쳐다봤다. "언니, 오늘은 돌아올까?" "상하게 두느니 그냥 먹자." 나는 마카롱 비닐을 뜯었다. 소미가 고개를 끄덕였다. 우리는 마카롱을 반씩 나눠 먹었다. 마카롱을 우물거리며 소미와 나는 언니가 있을 법한 장소를 생각나는 대로 툭툭 내뱉었다. 남자친구네 집, 외삼촌네 집, 제주도, 외할머니랑 외할아버지 수목장림, 바다가 보이는 펜션…… 무수히 많은 후보들이 나왔다.

"역시 엄마한테 얘기해야겠지."

"혹시 자기 아빠를 만나러 간 거 아닐까?"

소미가 손가락에 묻은 마카롱 가루를 핥으며 말했다. 살면서 한 번도 생각해본 적 없는 일이었다. 언니의 아빠라니……. 언니는 친아버지에 대한 기억이 없다고 했다. 어렸을 때 언니와 나는 미지의 동물을 상상하듯 언니의 아빠에 대해 이야기를 나누곤 했다. 엄마가 A형이고 언니가 AB형이니 그 사람은 B형이었을 것이다. 우리 세 명 중에 언니만 유일하게 쌍꺼풀이 있으니 그 사람의 유전자일 것이다. 돌이켜봐도 시시하기 그지없는 내용이었다.

불과 3년 전까지만 해도 나는 종종 엄마의 술친구가 되어주곤 했다. 와인을 마실 때 엄마는 나를 불러 말동무로 삼았다. 내게는 알코올이 없는 샴페인을 따라주며 함께 잔을 부딪히기도 했다. 그때마다 나는 평소 할 수 없던 질문들을 꺼냈다. 그러면 엄마도 평소 하지 않던 이야기들을 들려주었다. 나의 아빠에 대해 물었을 때 엄마는 10년이 지나자 이제는 아빠에 대한 기억이 희미하다고 했다. 언니의 아빠는 30년이 지났다. 엄마의 기억 속에 그는 이제 얼마만큼 남아 있을까.

열아홉 살 때 엄마는 같은 학교에 다니던 동갑내기

남자 친구와 몰래 사귀다가 언니를 가졌다. 양쪽 부모가 만나 언니를 지우기로 합의했는데 엄마의 의지로 언니가 태어나게 되었다. 작은 동네라 순식간에 소문이 퍼져서 외할머니는 엄마를 데리고 잠시 먼 시골로 도피했다. 이후 엄마는 서울에 있는 모 대학의 영문학과에 입학했다. 엄마가 대학에 다닐 때 언니는 외할머니의 손을 잡고 걸음마를 배웠다.

언니가 열 살이 되던 해, 언니의 친아버지가 결혼을 한다는 소식이 들려왔다. 엄마는 그때 나의 아빠와 연애 중이었다. 엄마는 그날 마지막으로 그와 연락했다. 그는 엄마에게 미안하다는 말을 스무 번 가까이 했다. 엄마가 괜찮다며, 이제는 성도 자신의 성을 따라 김은재가 되었다고 덧붙였다. 마지막에 엄마가 행복하게 잘 살라고 말했지만 그는 끝까지 미안하다는 말로 전화를 마쳤다.

작년 말에 언니와 함께 외할머니, 외할아버지 묘역에 갔다가 외할머니의 친구분과 마주쳤다. 그분이 언니의 얼굴을 유독 오래 바라보더니 '닮긴 닮았네' 하고 혼잣말하듯 내뱉었다. 집으로 돌아오는 길, 차 안에서 우리는 마지막으로 언니의 친아버지에 대해 얘기를 나눴다.

"아빠라는 명칭은 세상이 만들어낸 거야. 내 세상에 아빠 같은 건 없어."

언니가 부드럽게 유턴을 하며 단호하게 이야기하던 장면이 아직도 머릿속에 생생했다.

"생리적으로 태아가 만들어지는 데 기여했을 뿐 지금은 아무도 아니야. 자꾸 공석처럼 취급하는데 거긴 원래부터 없던 자리야."

나는 언니의 말을 입에 넣고 천천히 녹였다. 여러 가지 맛이 났다. 소미에게도 그 맛에 대해 들려주었다. 소미는 아무 맛도 느끼지 못하는 것 같았다. 대신 아주 뻔한 대사를 읊었다.

"강한 부정은 때론 강한 긍정이기도 해."

소미가 다시 언니의 방으로 갔다. 방 안을 빙 둘러보더니 책상 앞에 섰다. 언니가 디자인한 미니어처 도안들이 벽에 잔뜩 붙어 있었다. 소미가 책상 위를 뒤적거렸다. "언니 다이어리 써?" "안 쓸걸." "앨범은?" "엄마 방, 아니 서재에 있어."

'엄마 방, 아니 서재'는 내 이상한 말버릇이다. 엄마가 집을 떠나 준모 아저씨와 살게 된 지 3년이 흘렀지만 나는 매번 서재를 엄마 방이라고 부르곤 했다. 이걸 굳이 말실수라고 해야 하나 싶은데 언니가 꼬박꼬박 말실수라며 손가락질을 해댔다. 그 바람에 '엄마 방, 아니 서재'라는 이상한 말버릇이 생겨버렸다. 이제는 엄마 방이라고 해도 어색하고 서재라고 해도 어색하다. 언니가 지금 옆에 있었더라면 손가락으로 내 입을 가리켰을 것이다. 너, 또 말실수.

소미가 내 손을 잡아끌며 서재로 향했다. 나는 소미에게 가족 앨범을 꺼내주었다. 앨범에는 주로 언니와 나, 엄마의 사진이 들어 있었고 가끔 외할머니와 외할아버지, 외삼촌네 가족이 등장했다. 나의 아빠가 등장하는 사진은 내 돌잔치 때 찍은 가족사진 두 장이 전부였다.

"언니네 아빠는 없겠지?"

"응. 엄마는 이제 그 사람 얼굴도 기억 안 난댔어."

소미와 나는 배를 깔고 엎드린 채 앨범을 구경했다. 소미는 언니의 어렸을 적 앨범을 집어 들었고 나는 가장 최근의 앨범을 집어 들었다. 최근이라고 말하기도 애매한 것이 대부분 내가 초등학교 고학년일 때 찍은 사진들이었다. 엄마와 언니, 그리고 내가 함께 살던 시절이었다. 외할아버지와 외할머니가 잇달아 세상을 떠난 뒤 엄마는 나와 언니를 데리고 이 집으로 이사를 왔다. 한껏 집을 꾸민 뒤 엄마는 카메라를 구입했다. 그러고는 툭하면 언니와 나에게 카메라를 들이밀었다.

웃어봐, 김치. 그때마다 나는 억지웃음을 지으며 손으로 브이 모양을 만들곤 했다. 엄마는 나를 데리고 하루에 몇 바퀴씩 집을 돌며 사진을 찍었다. 당시 나는 처음으로 내 방이 생겨서 꽤 기분 좋은 나날을 보내고 있었다. 언니는 대학교에 다닐 때라 집에 거의 없었다. 평일에는 학교 기숙사에서 생활하다가 주말에 가끔 집에 왔다. 돌이켜보면 그즈음부터 언니가 차갑게 얼어붙기 시작했다.

엄마는 좋은 추억을 많이 만들어야 한다며 언니가 집에 오는 주말마다 놀러 갈 계획을 잡았다. 처음 몇 달은 산이나 계곡에 가더니 강원도까지 가기가 너무 힘들었는지 그다음부터는 근처 극장이나 백화점에 데리고 갔다. 가끔은 뮤지컬 공연을 보러 가기도 했다. 하지만 언니는 좀처럼 웃지 않았다. 언니의 인스타그램에서 보았던 미소를 떠올리며 앨범을 한 장 한 장 자세히 살폈다. 언니는 거의 카메라를 보고 있지 않았다. 카메라와 눈이 마주쳤을 때도 무심한 표정을 짓고 있었다.

엄마는 할머니가 돌아가신 탓이라고 설명했다. 언니는 평소에 할머니랑 대화도 별로 없었고 장례식을 치르면서도 울지 않았기 때문에 나로서는 언니의 태도를 이해하기 어려웠다. 그때는 언니의 차가움에 항상 얼어붙었는데 막상 이렇게 사진으로 보고 있으니 무섭지 않았다. 한껏 짓궂은 포즈를 취하며 카메라를 바라보는 나를 언니가 쳐다보고 있는 사진이 눈에 띄었다. 언니의 눈빛이 살짝 웃고 있었다. 수없이 꺼내 봤던 앨범인데 언니의 미소를 오늘에야 처음 발견했다. 나는 늘 언니가 세워놓은 장벽에 부딪혀 가까이 다가가지 못했다. 집을 지을 때 언니는 항상 남향으로 문을 냈다. 그 사실을 잘 알면서도 나는 항상 언니가 차가운 북쪽 나라에 머물러 있다고 여겼다. 앨범에서 사진을 꺼내 언니의 얼굴을 더욱 자세히 들여다봤다. 장벽 안쪽 세계가 엿보였다. 남쪽 나라의 온풍이 불어왔다.

내가 중학생이 된 해에 언니는 첫 직장에 입사했다.

회사가 마침 집 근처에 있어서 언니는 집에서 통근을 하게 되었다. 그때 언니는 엄마와 아침저녁으로 식탁 앞에서 싸웠다. 준모 아저씨 때문이었다. 준모 아저씨는 당시 기러기 아빠였는데, 언니는 엄마가 불륜을 저지른다고 화를 냈고 엄마는 서류상 절차를 밟지 않았을 뿐이지 아저씨가 사실상 이혼한 상태라고 주장했다. 나는 둘 중 누구의 편도 들 수 없었다. 다만 그때마다 입속에 밥이 있는데도 또 밥을 퍼 넣었다. 그렇게 밥을 욱여넣어 아무 말도 할 수 없는 모양으로 가만히 국이 식기를 기다렸다.

앨범의 마지막 장을 넘기자 머리가 지끈거렸다. 저녁에 먹은 킹크랩이 느끼했던 탓인지, 아니면 내가 너무 많이 먹은 탓인지 속이 울렁댔다. 나는 심호흡을 하며 앨범을 덮고 자세를 똑바로 고쳐 앉았다. 마지막 사진은 3년 전 놀이공원에 갔을 때 찍은 것이었다. 까맣게 잊고 있던 기억이었다. 소미가 나를 보더니 땀을 흘린다고 했다. 나는 손등으로 땀을 닦으며 책장에 등을 기댔다. 차가운 책의 촉감이 느껴졌다. 소미가 자리에서 일어나 창문을 활짝 열었다. 바람이 축축해진 내

목덜미를 감싸 쥐었다. 나는 놀이공원을 좋아했다. 학교에서 놀이공원을 간다고 하면 들떠서 전날 잠을 못 잤다. 어릴 땐 엄마가 일 때문에 바쁘다 보니 그런 델 자주 못 갔다. 그날도 나는 전날 잠을 설쳐 두 눈이 빨갛게 충혈되었다.

엄마는 언니에게 가위바위보를 해서 진 사람이 운전을 하자고 했다. 언니는 엄마가 내민 주먹에 눈길도 주지 않고 운전석에 앉았다. 내가 할게. 엄마는 기분 좋은 척을 하며 조수석에 앉았다. 나는 뒷자리에서 엄마가 만들다 실패해 도시락에 넣지 못한 옆구리 터진 김밥을 주섬주섬 먹고 있었다. 언니는 자기만 아는 노래를 크게 틀었다. 엄마가 볼륨을 줄이면 언니가 다시 높이는 짓을 몇 번 반복하다가 결국 엄마가 양보했다. 음악 소리 탓에 아무 대화도 할 수 없게 되자 엄마는 목에 건 카메라로 국도 주변에 자란 꽃나무들을 찍었다. 그러다가 가끔 내 쪽으로 고개를 돌려 '막내, 예쁜 표정' 하고 외쳤다. 그러면 나는 귀찮은 척하면서도 갖은 표정을 지어 보였다.

놀이공원에서는 기구를 타는 시간보다 기다려야 하

는 시간이 훨씬 길었다. 우리는 5분을 위해 한 시간씩 버텨야 했다. 좀처럼 줄지 않는 대기 줄 가운데 갇힌 채 엄마와 나는 구운 옥수수와 밀크 슬러시를 나눠 먹었다. 언니는 먹고 싶지 않다며 뒤에 서서 휴대전화만 들여다봤다. 기다리는 것이 지루할 법도 한데 사람들은 이런저런 이야기로 즐거워 보였다. 주전부리로 점심을 때우고 나서 엄마와 나는 카메라로 찍은 사진을 구경했다. 왜 이렇게 못생기게 찍었느냐고 징징대자 엄마가 못생기게 낳아서 미안하다고 했다. 엄마의 농담에 나는 큰 소리로 웃었지만 언니는 관심 없다는 듯 벽에 등을 기대고 차양 너머 햇살을 내다봤다. 그때 느닷없이 엄마가 언니의 모습을 찍었다. 언니가 인상을 쓰며 뭐 하는 짓이냐고 따졌다. 엄마가 좋은 추억을 만들고 싶다고 했다. 언니가 팔짱을 끼며 엄마를 노려봤다.

"왜 좋은 척해?"

"좋은 척이라니?"

"원래 오늘 그 아저씨 데려오려 한 거잖아."

"뭐?"

"왜 못 온지 알아?"

엄마는 입을 굳게 다물었다. 언니는 SNS를 통해 준모 아저씨의 아들을 찾아 연락한 것을 고백했다. 상식이 있으면 알아서 말리라고, 당신 아버지 아니냐고 따져 물었단다. 결국 둘은 사람들이 다 쳐다보는 가운데 언성 높여 싸웠다. 나는 다 먹은 슬러시 컵을 꽉 움켜쥐었다. 엄마와 언니 사이로 날 선 말과 눈빛이 오갔고 언뜻언뜻 나를 통과해갔다. 얘가 뭘 보고 배우겠어? 땀이 나고 갈증이 났다. 우리는 같이 있을수록 더 불행해. 은재 너도 알잖아. 듣고 싶지 않은 얘기들이 귓속을 후벼 팠다. 그래서 뭐? 짐 싸 들고 아주 그 집으로 나가 살겠다? 그 순간 나도 모르게 슬러시 빨대를 빨았다. 얼음이 녹아 생긴 물 한 모금이 쭈르륵, 요란한 소리를 내며 입속으로 빨려 들어왔다. 그 소리에 엄마와 언니가 동시에 나를 봤다. 이마에 맺힌 땀이 흘렀다. 나를 보지 않았으면 했다. 엄마가 나에게 무어라 말한 것 같은데 들리지 않았다. 그냥 시원한 슬러시가 먹고 싶었다. 당장 가게로 뛰어가서 돈을 내고 슬러시를 사먹는 상상을 했다. 이번에는 소다 맛 슬러시를 먹어야지. 미지근하고 밍밍한 단맛이 혀에 번졌다.

소미가 내 등을 두드려주었다. 나는 먹은 것을 모두 게워냈다. 변기 위에 토사물이 둥둥 떠다녔다. 엷은 유막 위로 제대로 씹지 않고 삼켜 뭉개진 블루베리 조각이 보였다. 나는 소미가 가져다준 찬물을 들이켰다. 물에서 신맛이 났다. 소미가 차갑게 적신 수건으로 내 이마를 닦아주었다. 그러고는 나를 일으키고 변기 레버를 내렸다. 나는 토사물이 시커먼 변기 안으로 빨려 드는 모습을 가만히 내려다봤다.

"오늘 음식 상태가 안 좋았나 봐. 너희 엄마는 괜찮으시려나?"

"엄마는 괜찮을 거야."

엄마는 이따금 술에 취해 전화를 걸어왔다. 너무 늦게 이제야 좋은 사람을 만났다며 혀 꼬인 목소리로 고백하곤 했다. 엄마는 괜찮다. 준모 아저씨는 좋은 사람이니까. 지금도 아저씨와 함께 다정한 시간을 보내고 있을 테니까. 나는 엄마가 행복했으면 좋겠다. 그러니까 다 괜찮다.

괜찮지 못한 건 김은재다. 야, 김은비? 들었어? 엄마가 불행한 게 다 우리 때문이래. 그날 놀이공원에서 나는 아무런 대꾸도 하지 않았다. 못 한 것이 아니었다. 언니를 위해 하지 않은 것이었다. 엄마의 말은 사실이었으니까. 언니는 우리의 눈앞에 펼쳐진 광경을 똑바로 보지 못했다. 복잡한 생각 속에 갇혀 스스로 출구를 봉쇄해버렸다. 언니는 지금 어떤 복잡함 속에서 헤매고 있는 것일까? 각자의 불행에 대한 원인을 찾고 있는 것일까? 엄마는 자기 일도 열심히 하고 사람들에게 진심을 다하고자 애쓴다. 하지만 결정적으로 우리를 낳아버렸다. 언니와 내가 없었더라면 엄마의 인생은 지금과 달랐을까? 조금 덜 불행했을까? 반대로 언니와 내가 각자의 아빠에게 맡겨졌다면? 아니, 그보다도 엄마가 언니의 아빠와 결혼해서 '정상'적인 가정을 이뤘더라면? 과연 온전한 모양의 가족이 될 수 있었을까? 그러면 나는 뭐가 되는 거지?

이런 복잡한 생각을 해봤자 변하는 건 없다. 항상 생각에 잠겨 있는 언니와 달리 나는 단순했다. 우린 덥고 갑갑한 놀이공원 안에 갇혀버렸고 함께 있을수록 불행해. 사실이란 건 단순했다. 고작 한 문장으로 요약 가능했다.

갈증으로 뒤척이다 겨우 눈을 떴다. 언니의 침대 위였다. 소미는 보이지 않았다. 자리에서 일어나 내 방으로 향했다. 내 방의 침대 시트가 걷혀 있었다. 생각해보니 지난밤 소미가 나를 부축해 침대로 옮겨주었는데 내가 또 구토를 했다. 소미 얼굴을 이제 어떻게 보나 싶었다. 휴대전화를 열자 소미에게서 메시지가 와 있었다. 내가 자는 동안 소미는 서재를 좀 더 뒤진 모양이었다. 소미가 언니의 다이어리를 찾았다고 했다. 요즘 것은 아니고 아마도 언니가 대학생 때 조금 쓰다만 다이어리 같은데 오래된 세계 명작 전집 가운데 껴 있다고 했다. 그 전집에는 엄마가 번역한 책도 있었다. 나는 딱히 손이 가지 않아 읽지 않았지만 언니라면 그 책도 분명 읽었을 것이다. 이따금 언니가 읽는 책을 엿보면 표지에 엄마의 이름이 있었다. 나는 언니에게 전화를 걸며 서재로 갔다. 여전히 받지 않았다. 녹색 표지의 전집 사이에 언니의 청록색 다이어리가 끼어 있었다. 마치 보호색을 띠며 숨어 있는 듯했다.

나는 언니의 다이어리를 살폈다. 이 집으로 이사 오기 1년 전, 내가 아홉 살, 언니가 막 대학교에 입학한

연도였다. 아무래도 이삿짐을 정리하다가 전집 사이에 끼어 들어간 모양이었다. 3월과 4월에는 일정이 빼곡했다. 이런저런 수업, 과제에서부터 학과 엠티, 독서 동아리 회식 등 크고 작은 일정들이 색색의 펜으로 적혀 있었다. 군데군데 언니가 그린 귀여운 낙서도 보였다. 기록이 멈춘 건 4월 중간고사 무렵이었다. 언니의 마지막 필기는 '영어 교양 시험 범위: 21쪽~'이었다. 21쪽부터 전부라는 뜻인지, 어디까지인지 몰라서 적지 못한 것인지 알 수 없었다.

나는 가만히 날짜를 헤아렸다. 외할머니가 돌아가신 날이었다. 나는 그날의 기억을 많이 잊어버렸다. 언니와 병원 로비에 나란히 앉아 있던 장면만 떠올랐다. 엄마와 외삼촌이 병원 안을 여기저기 돌아다녔던 것 같은데 아마도 할머니의 장례를 치르기 위해 바빴을 것이다. 언니는 오가는 사람들을 눈으로 좇을 뿐 별 말이 없었다. 기억은 잘 나지 않지만 내가 먼저 언니에게 이것저것 물었다. 언니는 영어 교양 시험을 망쳤다고만 했다. 다른 말은 하지 않았다. 나는 언니의 말이 고작 그게 전부라는 사실에 충격을 받았다. 언니가 학교 성적에 연연한다는 것을 알고 있었지만 그 정도일 줄은 몰랐다. 나는 로비가 떠나가도록 큰 소리로 한참 울었다. 언니는 나를 달래지 않았다. 나는 언니가 무섭도록 싫었다.

영어 교양 시험을 망친 이후로 언니는 더 이상 다이어리를 적지 않았다. 나는 빈 페이지를 한 장 한 장 넘겼다. 외할머니의 장례식을 정신없이 치르는 동안 언니는 다이어리를 잃어버렸을지 모른다. 어쩌면 영어 교양 시험을 망친 탓에 기분이 상해서 다이어리를 쓰레기통에 던져버렸는데 분리수거를 하던 엄마가 발견해 도로 책장에 가져다 놓은 건지도 모른다.

다이어리를 덮으려는데 바닥으로 무언가 떨어졌다. 나는 떨어진 것을 주웠다. 카센터 명함이었다. 이런 게 왜. 카센터 주소는 엄마의 고향 근처였고 카센터 소장의 이름은 주병식이었다. 순간 낯선 이름 하나가 머릿속을 스쳤다. 아직 학교에 들어가기 전 나는 언니가 쓰던 실로폰을 치거나 언니가 읽던 동물 백과를 읽으며 종종 낯선 이름을 발견했다. 여태껏 별생각이 없다가 지금에서야 주은재라는 이름이 언니가 유년기 때 잠깐 사용했던 이름이라는 게 퍼뜩 떠올랐다.

소미가 내게 자기네 집에 점심밥을 먹으러 오라고 메시지를 보내왔다. 벌써 정오가 다 되어가고 있었다. 나는 세수를 하고 옷을 갈아입은 뒤 지갑과 언니의 다이어리를 챙겨 집을 나섰다. 소미에게는 급하게 가봐야 할 곳이 생겼다고 답했다. 소미가 '설마?' 하고 되물었다.

맞아. 그 카센터에 가볼 거야. 일단은 염탐만.

염탐?

언니네 아빠가 맞는지 얼굴 보면 알 수 있을 거 아니야. 맞으면 그땐 언니 어딨느냐고 대놓고 물어봐야지.

근데 우리 같은 고등학생이 카센터에 갈 일이 없잖아? 가는 거야 여기서 지하철을 타고 한 시간이면 가겠지만 카센터에 도착했을 땐? 어떤 이유로?

맞는 말이었다. 소미와 나는 그럴듯한 핑계를 만들기 위해 한참 메시지를 주고받았다. 소미는 카센터 조사 과제를 하러 왔다면서 인터뷰를 요청해보라고 했고, 나는 장래 희망이 엔지니어라서 호기심에 구경 왔다고 얘기하는 건 어떠냐고 물었다. 둘 다 서로의 의견이 별로라는 것을 알았다.

나는 주차장에 있던 언니의 흰색 소형차에 다가갔다. 차창에 얼굴을 바짝 붙이고 안을 들여다봤다. 뒷좌석에 문구점 박스가 옆으로 쓰러져 있었다. 박스 안에는 합판과 철사, 그리고 온갖 종류의 접착제들이 들어 있었다. 미니어처 하우스의 재료였다. 접착제를 보자마자 언니의 망가진 자전거가 떠올랐다. 자전거……전에 자전거 바퀴에 펑크가 났을 때 근처 카센터에 가서 고친 적이 있었다.

나는 자전거 보관소로 달려갔다. 내 자전거는 자물쇠를 채워두지 않았다가 도둑맞았다. 남은 건 언니의 오래된 자전거였다. 나는 자물쇠의 비밀번호를 짐작해보았다. 아니나 다를까, 현관문 비밀번호와 똑같았다. 나는 소미에게 자전거를 가져갈 거라고 메시지를 보냈다. 주말이라 자전거를 가지고 지하철에 탑승할 수 있다는 얘기도 했다. 소미가 나더러 천재라고 했다. 조그맣게 웃음이 비어져 나왔다. 자전거 손잡이를 꼭 붙잡고 페달을 밟았다. 바람이 불었다. 아니, 공기는 가만히 있었다. 내가 멈춰 있는 공기 사이를 비집고 들어온 것이다. 내가 바람을 만들어낸 거다.

돌이켜보면 이상했다. 나의 아빠를 찾으려 해본 적도 없는데 언니의 아빠를, 언니도 아닌 내가 찾아간다. 지하철을 타고 가는 내내 나는 언니의 자전거를 꽉 움켜쥐었다. 먼지와 땀이 뒤섞여 손바닥이 잿빛으로 물들었다. 역에 도착하자 배가 고팠다. 언니는 지금쯤 자신의 아빠와 점심을 먹고 있을까? 화장실에 들러 손을 씻고 편의점에서 김밥을 사 먹었다. 휴대전화로 언니의 아빠가 운영하는 카센터 주소를 자세히 검색했다. 역에서 멀지 않은 곳이었다. 나는 역을 빠져나와 자전거를 끌며 터덜터덜 걸었다.

거리를 둘러보며 자전거를 어떻게 고장 낼지 궁리했다. 마침 대형 생활용품점이 눈에 띄었다. 나는 가게에 들러 송곳을 샀다. 송곳으로 자전거 뒷바퀴를 푹 찔렀다. 생각보다 바퀴가 튼튼해 구멍이 잘 나지 않았다. 지나가던 꼬맹이가 나를 물끄러미 쳐다봤다. 나는 자전거를 번쩍 들고 큰 나무 뒤로 숨었다. 같은 자리를 몇 번 송곳으로 찌르자 바퀴에서 바람 빠지는 소리가 났다. 나는 송곳을 쓰레기통에 던져 넣고 펑크 난 자전거를 끌며 카센터로 향했다.

카센터는 상상했던 것보다 작고 허름했다. 손님은커녕 직원도 보이지 않았다. 자전거를 옆에 세워두고 카센터 안을 이리저리 둘러봤다. 주차장에는 범퍼가 찌그러진 검은색 승용차가 주차되어 있었다. 좀 더 안쪽으로 들어가자 카센터 벽면에 녹슨 철제 의자가 기대어 있었다. 나는 처음 보는 기계들을 손끝으로 톡톡 건드렸다. 방아쇠가 달린 호스, 꼬챙이 같은 작대기, 기름때가 잔뜩 묻은 집게가 눈에 띄었다.

카센터 안쪽에 유리로 된 미닫이문이 있었다. 사무실 입구인 듯했다. 나는 조심스레 사무실 문에 노크했다. 안에서 인기척이 들리더니 잠시 뒤 덩치 큰 아저씨가 문을 열고 나타났다. 나는 아저씨의 얼굴을 빤히 올려다봤다. 짙은 쌍꺼풀이 진 부리부리한 눈매였다. 언니와 닮았는지 분간이 가지 않았다. 나는 대뜸 아저씨에게 언니의 아빠 이름을 댔다. 그가 맞다고 답했다. 나는 침을 꼴깍 삼켰다. 아저씨가 무슨 일이냐고 물었다. 혹시 김은재, 아니 주은재를 아느냐고 물어야 하는데 선뜻 말이 나오지 않았다.

"명함 보고 왔는데요. 여기서 자전거도 고쳐주나요?"

아저씨가 물론이라며 멀리 세워져 있던 자전거를 손으로 가리켰다. 나는 고개를 끄덕였다.

"잠깐 사무실에 앉아 계세요. 냉장고 안에 주스랑 탄산음료 있는데 꺼내 드셔도 됩니다."

나는 사무실 안을 물끄러미 바라봤다. 싱크대와 작은 냉장고가 보였다. 옆에는 철제 의자와 테이블이 놓여 있었다. 아저씨가 언니의 자전거를 한 손으로 번쩍 들어 올리더니 이리저리 살폈다.

"뒷바퀴에 펑크가 났네요. 바퀴를 교체해야 하는데 지금 바로 해드릴까요?"

나도 다 아는 사실이었다. 아저씨가 수리 비용과 타이어 교체 비용에 대해 설명해줬다. 나는 알겠다고 답했다. 아저씨가 목장갑을 끼더니 창고에서 새 자전거 바퀴를 가져왔다. 나는 아저씨의 눈치를 살피다가 운동화를 벗고 사무실로 들어갔다. 사무실 안쪽에는 책상과 캐비닛이 놓여 있었다. 책상 위를 살피다가 컴퓨터 모니터에 시선이 꽂혔다. 아저씨와 아저씨의 아내로 보이는 어떤 여자, 그리고 내 또래의 남자아이가 야자나무 아래 서 있었다. 화면 가득 찬 셋의 모습을 물끄러미 보다가 손에 배어난 땀을 바지에 쓱 닦았다. 여기에는 언니의 자리가 없었다. 흰색 바지가 잿빛으로 물들어버렸다.

아저씨가 자전거를 고쳐주었다. 나는 엄마가 줬던 용돈을 내밀었다. 언니의 자전거를 손으로 쓸며 아저씨의 얼굴을 다시금 바라보았다. 피부가 까맣게 그을린 채 머리털이 듬성듬성 비어 있었다. 하고 싶은 말을 수없이 생각해놓았는데 아저씨의 얼굴을 보고 있자니 아무런 말도 떠오르지 않았다. 눈가의 주름 탓인지 생각했던 것보다 나이가 들어 보였고, 땀을 흘리고 있어서 그런지 어딘가 조금 지쳐 보였다. 그런 시답잖은 생각만 맴돌았다. 나는 아저씨에게 인사하고 돌아섰다.

자전거를 끌고 집으로 돌아오는 길에 언니에게 여러 번 전화를 걸었다. 받지 않을 걸 알았지만 계속 걸었다. 언니의 자전거를 고쳤다고 얼른 전해주고 싶었다. 이번에도 전화를 받지 않으면 자전거를 버리겠노라 결심하며 언니에게 다시 전화를 걸었다. 나는 언니가 무섭도록 싫었지만 엄마가 아닌 언니와 살게 되었다. 언니가 해준 초라한 밥을 먹으면서 이따금 엄마와 화려한 데

이트를 즐겼다. 언니와 엄마 사이에서 언제나 저울질을 해야 했다. 나는 언니와 살고 싶었던가? 엄마랑 살고 싶다고 소리치면 언니가 내 등짝을 때렸다. 나는 그것이 서운함과 얄미움의 표시라고 믿어왔다. 그게 아니었다. 언니는 나의 바보 같은 저울질을 보며 답답했던 것이다. 그래서 내 등에 달려 있던 저울의 지렛대를 세게 내리쳐왔던 것이다. 휴대전화 신호음이 이어지다가 갑자기 멈췄다. 수화기 너머가 잠잠했다.

"언니."

언니를 부르자 내 등에 달려 있던 지렛대가 완전히 부러졌다.

전화를 받은 것은 낯선 남자였다. 그는 자신을 언니의 남자 친구라고 소개했다. 언니가 간곡히 부탁해서 그동안 연락을 하지 못했다고 대답했다. 미안하다고 덧붙였다. 언니는 병원에 입원해 있다고 했다. 나는 놀라서 전화를 끊었다. 잠시 뒤 엄마에게서 전화가 왔다. 어디냐고 묻기에 처음 보는 역 이름을 말했다. 엄마가 데리러 온다고 했다. 나는 지하철에서 내려 언니의 자전거와 함께 엄마를 기다렸다. 언니에게 전화를 걸면 자꾸만 언니가 아닌 낯선 남자가 전화를 받았다. 남자는 언니에 대해 무엇인가를 이야기하려 했다. 그때마다 나는 놀라서 전화를 끊었다. 엄마는 30분 만에 달려왔다. 처음 보는 지하철역에 대해서도, 언니의 오래된 자전거에 대해서도 묻지 않았다. 언니의 자전거를 뒷좌석에 싣고 나를 조수석에 태웠다. 그러고는 지체 없이 바로 출발했다.

운전을 하면서 엄마는 내게 언니의 상황에 대해 간략히 말했다. 하지만 동시에 숨기려 했다. 언니가 병원에 입원해 있다는 얘길 하면서도 왜 입원했는지는 말하지 않았다. 언니의 남자 친구가 보호자로 같이 있다는데, 엄마가 버젓이 살아 있음에도 그 사람이 보호자로 와 있는 이유에 대해서도 설명하지 않았다. 소미의 말대로 언니에게는 남자 친구가 있었다. 언니의 포궁에서 태아가, 오랜 시간 언니가 키워온 혹과 함께 자라나고 있었다. 나는 창문에 머리통을 기댄 채 언니와 태아, 그리고 혹에 대해 생각했다. 셋은 함께할 수 없었다. 그래도 둘을 없애는 일은 한 번의 수술로 가능했다. 언니는 수술 도중 피를 많이 흘렸고 마취가 끝나고도 깨어나지 못했다. 언니의 남자 친구는 잠든 언니를 사흘간 바라보다가 결국 엄마에게 전화를 했다.

"엄마. 언니가 왜 우리에게 말하지 않은 걸까?"

엄마는 아무 대답도 하지 않았다. 그저 언니의 비밀을 지켜주려는 듯 입을 굳게 다물었다. 그러다가 느닷없이 침묵을 깨고 주말 저녁인데도 차가 많이 막힌다는 둥, 내비가 자꾸만 우회로로 안내한다는 둥 별로 듣고 싶지 않은 불필요한 얘기를 꺼냈다.

"엄마는 언니가 조금이라도 이해가 돼?"

내가 질문을 던지면 엄마는 다시 입을 닫았다. 나는 홀로 언니를 이해해보려 애썼다. 이렇게나 중요한 일을 왜 나에게 숨긴 것일까. 캐리어에 짐을 챙겨 집을 나서는 언니의 모습을 상상했다. 언니는 미니어처 하우스를 소중하게 여겼지만 결국 버리고 떠났다. 언니는 미니어처 하우스가 점점 무너지고 말 것을 알면서도, 내가 홀로 집 안에 버려질 것을 알면서도 무표정한 얼굴로 돌아섰다. 나는 그곳을 '우리 집'이라 불렀는데 엄마와 언니는 그 집을 뭐라고 불렀을까. 집이라고 부르기는 했을까. 사람들에게 자신의 가족을 소개할 땐 뭐라고 했을까. 나를 언급하기는 했을까.

차분히 그들을 이해하려고 애썼다. 아니, 이해를 이해하려고 애썼다. 우리는 계속 누군가를 이해하는 것에 대해 배우는데, 과연 타인이 타인을 이해하는 게 가능한 것일까? 이해는 애당초 불가능한 것 아닌가? 우리는 불가능한 것을 가능하다고 착각하게 만드는 법을 배우는 걸까? 그냥 불가능 그 자체를 배우는 걸까?

"누군가를 이해하는 건 불가능한 거야. 설령 그게 평생 함께해온 가족이라 할지라도."

엄마가 떨리는 목소리로 말했다. 엄마가 무슨 말을 하는 거지? 아, 내 물음에 대답한 거구나. 엄마의 말을 여러 번 곱씹었다. 역시 이해되지 않았다. 엄마는 옆에 있던 생수병을 자꾸만 들이켰다.

"가족?"

"응?"

"우리가 가족이야?"

생각지도 않은 말이 절로 나왔다.

"그게 무슨 말이니?"

"우리 집엔 이제 엄마 방도 없거든."

나는 이런 말을 하는 사람이 아니었다. 언니가 해준 밥을 먹다가 언니의 말버릇에 길들여진 모양이다. 아니다. 언니가 내 밥 속에 칼을 넣어뒀나 보다. 그 칼이 내 혀 밑으로 숨어들었나 보다. 나는 혀 아래 있던 칼을 꺼내 엄마의 여린 살을 찔렀다. 엄마가 떨리는 손으로 빈 페트병을 들이켰다. 더 이상 엄마에게 줄 물은 없었다. 엄마가 메말라갔다. 엄마에게서 모래가 떨어졌다. 엄마가 갓길에 서더니 폭삭 무너져 내렸다.

엄마와 나는 언니의 남자 친구를 따라 병실로 들어갔다. 나는 이따금 언니가 미래에 어떤 사람과 사귈까 생각하며 상상의 나래를 펼치곤 했다. 하지만 막상 이렇게 현실 속에서 언니의 남자 친구를 보자 그런 것들은 까맣게 지워졌다. 그는 두 눈이 퀭했다. 이상하게도 나는 그의 얼굴을 보자마자 미친 듯이 화가 났다. 난데없는 분노에 스스로도 깜짝 놀랐다. 그가 엄마와 나를 언니에게 데려가는 것 자체가 기분이 상했다. 그의 얼굴을 보기가 싫었다. 언니의 침대가 보이자 나는 걸음을 서둘렀다. 언니는 하얗게 시들어가고 있었다. 나는 언니를 불렀다. 언니는 눈을 뜨지 않았다. 나는 언니의 손목을 가만히 쥐었다. 맥박이 느껴졌다. 엄마가 언니의 남자 친구를 다독였다. 엄마가 그와 이야기를 나누는 것이 불쾌했다. 언니의 병상 옆에 놓인 그의 짐조차 꼴 보기 싫었다. 나는 언니의 침상에 엎드렸다. 엄마가 뒤에서 나를 감싸 안았다. 그의 목소리가 들릴 때마다 부아가 치밀었다. 나는 자리에서 벌떡 일어나 그를 노려본 뒤 엄마에게 귀를 대보라고 했다.

"저 사람 가버렸으면 좋겠어."

엄마가 놀란 얼굴로 나를 바라봤다. 그러고는 알았다며 내 등을 쓸어주었다. 언니의 남자 친구만을 탓하기는 어려웠다. 그의 잘못이 아닌데 모든 게 그의 죄인 것만 같았다. 동시에 모든 게 그의 탓이라서 그가 사라져버리는 걸로 끝내버릴 수 있으면 좋겠다 싶었다. 엄마가 그를 데리고 병실을 나갔다. 나는 그제야 숨을 돌렸다. 얼른 병실 문을 닫고 커튼을 쳤다. 언니를 한참 바라보다가 머리카락도 만져보고 이불을 걷어 발이 멀쩡한지도 확인했다. 그러고는 언니 옆에 꼭 붙어 앉아 손을 만지작거렸다.

나는 언니에게 미니어처 하우스 이야기를 했다. 하우스 정원에 세워져 있는 자전거의 뒷바퀴가 떨어졌는데 어떻게 하면 좋을지 물었다. 순간접착제가 다 떨어져서 붙일 수가 없었어. 맞다, 언니 차에서 접착제 봤어. 이따가 집에 가면 그걸로 붙여야겠다. 근데 차 키는 어디에 됐어? 언니 책상 서랍에 있나? 나는 침대에 기댄 채 언니의 얼굴을 오래도록 들여다봤다. 근데 언니, 왜 날 두고 갔어? 그 순간 언니가 천천히 입을 열었다. 굼뜨고 느린 동작이었다. 나는 벌떡 일어나 언니의 입속을 들여다봤다. 허리를 숙여 언니의 얼굴 가까이 다가갔다. 언니의 입속에서 무언가가 기어 나오고 있었다. 엄지만 한 언니였다. 실오라기 하나 걸치지 않은 채 침에 잔뜩 젖어 있는 모습이 막 샤워를 하고 나온 것 같았다. 나는 주위를 살폈다. 비스듬히 걸친 커튼 사이로 누군가와 눈이 마주쳤다. 옆 침대에 누워 있던 머리가 희끗희끗한 할머니가 나를 빤히 쳐다보았다. 나는 할머니를 똑바로 보며 입술에 검지를 갖다 댔다. 할머니는 이내 두 눈을 스르르 감았다. 나는 언니를 손에 쥔 채 도망치듯 병실을 빠져나왔다.

엄마에게 말도 없이 택시를 잡아타고 집으로 향했다. 언니는 내 코트 주머니에서 새근새근 자고 있었다. 택시 아저씨가 뭐라고 주절거렸지만 하나도 들리지 않았다. 나는 숨을 고르며 휴대전화를 열어 엄마에게 보낼 메시지를 썼다. 엄마, 나 집에 가 있을게. 지금 택시 안이야. 기분이 이상해서 거기 못 있겠어. 언니처럼 사라진 거 아니니까 걱정하지 마. 나는 쉽사리 전송 버튼을 누르지 못했다. 몇 번이고 문장을 고치다가 겨우 한 문장을 보냈다.

엄마, 나 택시 타고 집에 가고 있어.

택시에서 내리자마자 집으로 달려갔다. 엘리베이터 앞에 사람들이 기다리고 있어 그냥 계단으로 올라갔다. 계단참에서 언니를 꺼내 양손으로 조심스레 감싸쥐었다. 잠에서 깬 언니가 오들오들 떨고 있었다. 언니, 조금만 기다려. 나는 언니를 데리고 집에 도착했다. 현관문을 열고 집에 들어서자 실내의 훈훈한 공기가 온몸을 감쌌다. 운동화를 벗어 던지고 언니의 방으로 달려갔다. 나는 언니를 미니어처 하우스 안에 내려놓았다. 언니에게서 침 냄새가 났다. 나는 물티슈를 꺼내 언니의 몸을 닦아주었다. 언니가 나를 지그시 바라봤다. 나는 언니에게 검지를 내밀었다. 언니가 내 검지를 꼭 잡아주었다. 언니의 손이 덜덜 떨렸다. 언니가 춥겠다 싶어 하우스의 옷장을 열어 옷을 살폈다. 언니가 자신이 뜨개질해놓은 회색 니트 원피스를 손가락으로 가리켰다. 나는 언니에게 원피스를 입혀주었다. 내내 주저앉아 있던 언니가 그제야 두 발로 일어섰다.

언니는 하우스 2층을 죽 둘러보더니 발코니를 지나 계단으로 내려갔다. 1층에는 언니가 만든 인형 두 개가 거실 소파에 나란히 앉아 있었다. 언니는 그 사이에 앉아 인형들을 번갈아 살폈다. 얼굴에 묻은 실오라기도 떼어주고 머리카락에 쌓인 먼지도 털어주었다. 그러고는 다시 자리에서 일어나 부엌으로 향했다. 언니는 찬장에서 모형 음식들을 모조리 꺼내 식당으로 가져갔다. 그곳에는 철제 의자 세 개가 놓인 원형 식탁이 있었다. 언니는 식탁 위를 음식으로 가득 채운 뒤 인형들을 불렀다. 화려한 저녁 만찬이었다. 나는 소파에 널브러져 있던 인형들을 데려와 식탁 의자에 하나씩 앉혔다. 언니가 흡족한 미소를 지으며 인형들과 마주 앉았다.

참, 언니. 내가 자전거 고쳐줄게. 언니가 두 눈을 동그랗게 뜨며 고개를 끄덕였다. 나는 책상 서랍을 뒤져 차 키를 꺼냈다. 그러고는 주차장에 있는 흰색 소형차에서 재료가 담긴 상자를 가져왔다. 순간접착제의 포장을 뜯어 언니에게 달려갔다. 언니가 망가진 자전거 앞에서 울고 있었다. 이제 괜찮아. 내가 금방 고쳐줄게. 나는 망가진 자전거를 집어 들었다. 거의 다 됐어. 나는 언니를 달래며 접착제로 자전거 바퀴를 붙였다. 접착제 냄새가 방 안 가득 퍼졌다. 나는 자전거를 정원 울타리 옆에 조심스레 세웠다. 그리고 언니와 함께 자전거를 바라보며 접착제가 마르기를 가만히 기다렸다.

©김서해

　작은 원룸이라도 컴퓨터와 책만 있으면 완벽한 세상이 된다. 밖에서 보면 그는 시멘트 벽에 갇혀 세상과 점점 괴리되어가는 듯하다. 누구에게도 알려지지 않은 비밀번호를 속에 품고서 안전 고리까지 이중으로 잠근 채 그는 매일 밤 책상 위를 표류한다. 고작 한 평 남짓이지만 책상은 몹시도 광활하여 그는 자주 길을 잃고 난파하여 물에 잠긴다.

　마침 그의 집 근처에는 공항이 있어 비행기가 지나갈 때

수면 속에 잠겨 있던 그를 물 위로 끄집어낸다. 커다란 기계가 상공을 가로지르며 거대한 소리를 내뿜는다. 그는 소음을 증오했다. 사람 많은 곳에 있으면 급격한 피로를 느꼈다. 학교 축제에 제대로 참여해본 적이 없으며 시끄러운 술집에 머물러야 했던 기억은 지금도 악몽으로 남아 있다.

도시는 부산스럽다. 그는 바쁜 나날들이 싫지만 그래도 도시에 붙어 지낸다. 어디 조용한 시골에 가서 살고 싶다는 누군가의 말이 그에게는 농담처럼 들린다. 그는 강원도에서 학창 시절을 보냈다. 조용하지만 소음이 많은 동네였다. 그가 생애 가장 연약한 시절과 강인한 시절을 함께 보낸 곳이기도 했다.

그는 침대에 누워 방을 둘러본다. 한눈에 다 들어오는 작은 세상이다. 그의 시간이 방 안을 가득 메운다. 그는 벌떡 일어나 베란다 문을 열어 환기를 하고 바닥에 떨어진 긴 머리칼들을 치운다. 방 안을 부유하던 기억 조각들을 깨끗이 털어내고 디퓨저에 섬유 스틱을 새로 꽂는다. 그는 우디레인 향을 좋아한다. 비 오는 숲의 나무 향기를 연상케 하는 향이라지만 실제론 그렇지 않다. 우디레인은 그냥 우디레인이다. 실제 비 오는 숲의 나무 향기는 이만큼 향기롭지 않다.

아이는 종종 말없이 사라졌다. 나가서 뭐 했니? 아이는 그 질문에 대답할 거리가 없었다. 아이는 무엇인가를 하기 위해서가 아니라 아무것도 하지 않기 위해 집을 나갔다. 그 흔한 영화관조차 없던 시골 동네에서 아이가 할 수 있는 일이란 그저 걸어 다니는 것뿐이었다. 아이는 동네의 구석구석을 살펴보고 다녔다. 지나갈 일 없는 남중, 남고 앞 골목을 돌아다니다가 동네 떡집에서 가래떡을 뽑는 것을 한참 구경하기도 하고 오래된 카센터 앞에 우두커니 서서 처음 보는 기계들을 물끄러미 엿보다가 주인과 눈이 마주쳐 황급히 달아나기도 했다. 어딘가 조금 지쳐 보이던 주인의 잔상은 아이의 머릿속에 오랫동안 맴돌았다.

아이가 유일하게 가보지 않은 길이 있었다. '남산'이라 불리는 동네 뒷산이었다. 아파트 단지를 지나 국도 아래 뚫린 작은 터널을 지나가면 남산으로 향하는 등산로가 펼쳐졌다. 약수터가 있어서 물을 뜨러 오는 사람이 많을 줄 알았는데 생각보다 인적이 드물었다. 동네에서 가장 고요한 곳이 아파트 옥상인 줄 알았는데 아니었다. 아이는 고개를 갸웃거리며 운동화를 고쳐 신었다. 나뭇잎이 바람에 스치는 소리, 온갖 새와 풀벌레가 한꺼번에 울어대는 소리, 아이가 자박자박 걸어가는 소리. 그런 소리들이 한데 어우러졌다.

소나기가 쏟아졌다. 숲의 고요에 취해 아이는 하늘이 잿빛으로 물들어가는 걸 알아차리지 못했다. 서둘러 하산했지만 이미 온몸이 축축하게 젖어들었다. 아이는 올라올 때 본 정자를 기억해냈다. 처마 아래 쪼그려 앉아 젖은 머리칼을 털어내다가 비가 멎는 광경을 바라봤다. 소나기에 젖어 비릿해진 숲의 내음을 들이켰다. 향기라는 명칭이 어울리지 않는 지독한 악취였다.

우디레인은 그저 조향사가 디자인한 향일 뿐이다. 그는 희미해져가는 디퓨저 내음을 들이켜며 책을 읽고 영화를 본다. 전에는 작가나 감독의 자전적인 이야기를 좋아하지 않았다. 시시하고 초라한 기억을 이토록 공들여 이야기할 필요가 있을까 생각했다. 그런데 요즘은 그런 작품을 좀 더 찬찬히 살펴보게 됐다. 실제의 삶이 작품만큼 아름답지 않다는 걸 알게 되면서부터였을까. 그는 누군가의 정취에 흠뻑 빠지는 일이 조금씩 즐거워졌다. 작품은 그저 작가가 지어낸 이야기일 뿐이다. 그는 우디레인처럼 자신도 향기로워지고 싶다고 생각한다.

우디레인 향은 어느 순간 익숙해져 더 이상 느껴지지 않는다. 그날 아이가 작은 터널을 지나 집으로 돌아올 때까지 숲의 냄새는 내내 코를 찔렀다. 그는 원룸에 식물을 두지 않았다. 그런데도 자꾸만 어디선가 비에 젖은 흙 내음과 나무 냄새가 풍겼다. 침대 아래에서 묻어 나온 먼지가 한때는 남산에서 바위로 머물렀는지도 모른다. 그의 작은 세상에는 더 이상 그 아이가 없다. 그는 바깥세상 어딘가에서 숲과 함께 비에 젖어가고 있을 다른 아이를 떠올린다. 그는 옷을 챙겨 입고 방을 나선다. 건물 출입구를 나서자 집 주변을 둘러싼 청계산의 찬 공기가 그를 맞는다. 무엇인가를 하기 위해서가 아니라 아무것도 하지 않기 위해 그는 밤길을 걷는다.

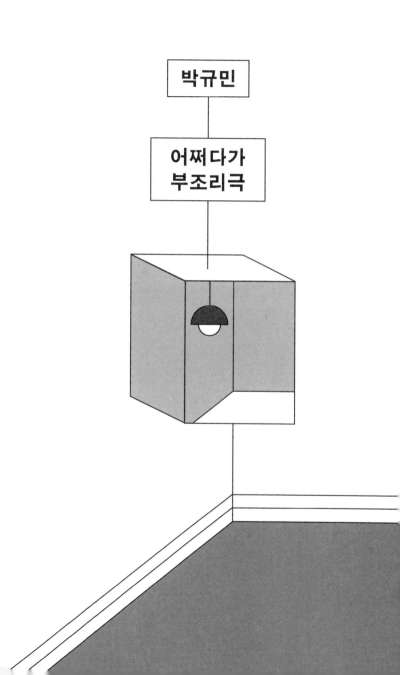

낮에 일하고 밤에 소설을 쓴다. 글을 매일 써야지, 생각한다.

강이채의 음악을 좋아하며 종종 강릉 바다를 보러 간다.

주방에는 넓은 창문을 잘 달지 않는다. 나는 그걸 어른이 되어서야 알았다. 서울의 대학에 붙은 뒤 자취방을 구할 땐 내가 돈이 없어 그런 줄 알았지만, 좋은 직장을 잡았을 때도 사정은 달라지지 않았다. 주방에서 밖을 내다보려면 싱크대 위로 허리 숙이고 고개를 쭉 빼야 하는 식이었다. 그러니 이 도시에서는 많은 이들이 저녁마다 비좁은 창밖을 내다보며 설거지를 할 것이다……. 창이 훤히 뚫린 주방에서 어린 시절을 보낸 나에게는 그 사실이 퍽 괴상했다. 할머니의 음식점은 평수가 좁았으나 주방 창문만큼은 극장 화면처럼 널찍했으니까. 문 열고 들어오면 창문을 통해 맞은편 바다가 한눈에 보일 정도였다. 누나와 나는 그 풍경에 가끔 넋을 놓았다. 만두를 얹은 찜통이 들썩거리고 할머니는 돼지고기와 숙주를 볶는 중인데, 창문 너머에서는 파도가 소리 없이 일렁거렸다.

아버지는 해외 출장을 떠난다며 우리를 그곳에 맡겨두었다. 여름방학이 지나면 데리러 오겠다고 했으나 그게 거짓말이라는 건 한 달이 지나자 확실해졌다. 학교로 돌아갈 즈음이 되었는데도 연락을 받지 않는 것이었다. 우리 세 사람은 그 당혹감을 각자의 방식으로 해소해나갔다. 누나는 꼭 다른 가게에서 심어놓은 작은 폭탄처럼 소란을 피워댔고, 나는 누나 꽁무니를 졸졸 따라다녔으며, 할머니는 그런 우리를 2층에 틀어박은 채 손님을 맞았다. 2층은 천장이 낮은 다락방이었다. 좁다란 계단을 따라 올라가면 양편이 진녹색 커튼으로 둘러싸여 마술 쇼 한복판에 선 기분마저 들었다. 커튼을 젖혀보면 다른 공간으로 이동한 듯 의외의 풍경이 나타났다. 왼쪽으로는 바다가 보이는 창문 앞에 차를 마실 수 있는 테이블과 안락의자가 놓여 있었고, 오른쪽으로는 옷장과 침대가 오밀조밀 배치되어 있었다.

손바닥만 한 부침개, 메밀국수, 얼음을 동동 띄운 미숫가루, 잠들기 전이면 꼭 한 잔씩 마신 핫초코…… 아버지가 등허리 긁으며 끓여주던 라면과는 전혀 다른 음식을 할머니는 틈틈이 만들어주었다. 돌이켜보면 2층에서 조용히 있어주기만을 바랐던 것일 텐데, 우리는 그 소박한 희망에 부응하기는커녕 더욱 기운이 뻗쳐 뛰어다니기 일쑤였다. 한번은 녹색 커튼을 밀림이라 상상하고 술래잡기를 했다. 누가 안락의자에 앉을

지 다툰 게 화근이었는데, 커튼을 급하게 젖히며 쫓고 쫓기다 보니 장대에서 나는 쇳소리가 정말 맹수가 열대림 헤치는 소리처럼 들렸던 것이다. 커튼을 찢을 듯 젖히고 서로에게 팔을 뻗치고 테이블에 몸을 던지는 통에 커튼이 한 장 뜯겨 나온 뒤에야 우리는 환상에서 빠져나왔다. 황급히 올라온 할머니는 손주들이 유령처럼 커튼 뒤집어쓴 꼴을 보았고, 우리는 이튿날부터 주방에서 일을 거들게 되었다.

"설마 그걸 다 잊어버릴 정도로 후레자식은 아니겠지."

오랜만에 전화를 걸어온 누나는 다짜고짜 어렸을 때 얼마나 민폐를 끼치고 살았는지 기억하느냐고 운을 뗐다. 말투만 보면 누나는 공범이 아니라 빚 갚으라고 대신 독촉해주는 전문 심부름꾼 같았다. 책임 회피하는 듯한 말을 먼저 들어서 그랬을까? 나는 할머니가 치매에 걸렸다는 본론을 듣고도 별로 놀라지 않았다. 곁에서 변화를 지켜보았을 누나야말로 더 크게 동요하는 것 같았다. 내가 휴가를 쓰려면 일주일은 기다려야 한다고 하자 누나는 그 말을 받아들이기도 버거워했다. 일주일, 일주일⋯⋯. 혼자 몇 번이고 되뇌는 것이었다. 그래서 상태가 많이 안 좋으시냐고 물었더니 그건 또 아니라고 했다. 여전히 침착하고 옷차림도 말끔해서 남들은 이상한 줄도 모를 거라고, 입맛이 조금 까다로워졌을 뿐이라고 덧붙였다. 누나는 내게 상황을 전달하면서 본인 마음이 정돈된 모양인지, 올 때 호두나 사 오라며 말을 맺었다.

"호두? 설마 지금 호두가 두뇌 모양이라서 치매에 좋다는 미신을……"

누나는 아아, 하는 짜증 섞인 탄식으로 내 말을 끊어버렸다. 타지에 독립해 살면서 잊고 지냈던 아주 익숙한 패턴이 통화 시작한 지 5분 만에 되풀이되고 있었다. 누나야 지금껏 거의 평생 할머니 밑에서 일했으니 지적이라면 이골이 날 만도 했지만, 나라고 해서 남의 말에 토를 달고 싶은 건 아니었다. 하지만 자꾸 말도 안 되는 소리를 하는데 어떻게 하나? 어렸을 적 우리가 주방 일꾼이 된 뒤로 나는 할머니가 시킨 일을 빈틈없이 해내려고 온 힘을 다했다. 내 머리통 세 개는 들어갈 만한 냄비를 혼자 씻으라 해도 불평하지 않았고, 대걸레로 바닥 청소를 시키면 도자기 닦듯이 윤을

냈다. 그런데 누나는 달랐다. 성깔머리가 누구 지시를 들을 만하게 생겨먹지 못했다. 달걀을 네 개 가져오라고 하면 일부러 하나 빼먹고 오는 심보가 어린 내 눈에도 훤히 보였다. 나는 그 꼴을 보면서 우리가 여기서도 쫓겨나면 끝장이라는 걸 서서히 실감했다.

"아니, 생긴 게 문제가 아니고 진짜 두뇌에 좋대. 너는 인삼 공사에서 일하는 애가 그런 것도 모르니?"

"주택 공사."

"아아, 하여튼."

잠깐의 침묵 뒤 누나가 웃음을 터뜨렸다. 통화를 마쳐야 할 것 같았다. 말을 더 나눠봤자 우리가 서로에게 관심 없다는 사실만을, 누가 누구에게 의지할 만한 사이가 아니라는 것만을 확인하게 될 듯했다. 누나도 같은 생각이었는지 헛기침을 한번 했다. 그러고는 앞으로 우리가 뭘 해야 할지 요약해주었다. 할머니가 치매 진단을 받은 게 일주일도 채 되지 않았으니 아직은 별 대책이 없지만, 상황이 상황인 만큼 아버지에게도 연락했는데 결국 요양원에는 보내지 않기로 결정되었다고 했다. 성실하고 참한 간병인―분명 아버지의 표현이었을 것이다—을 고용해 집에서 돌보기로 했다는 거였다. 그러니까 우리는 할머니가 치매에 걸렸다는 이 익숙하지 않은 상황조차 아주 익숙한 방식으로 처리해나갈 예정이었다. 우리가 이 어려운 과정을 헤쳐나가고 나면 아버지는 멀리서 통화 몇 번으로 죄책감을 털어낼 테고, 누나는 그런 아버지를 증오하면서도 전화가 오면 다 받을 것이며, 나는 우리가 뭔가 중요한 걸 놓치고 있다고 생각하면서도 입을 꾹 다물 터였다.

나는 전화를 끊은 뒤 가만히 앉아 슬픔이 몰려오기를 기다렸다. 하지만 느껴지는 것은 미묘하게 불쾌한 감정뿐이었다. 며칠이 지나 차를 몰고 할머니의 음식점에 갈 때야 그게 의무감이라는 걸 알 수 있었다. 누나가 하루가 멀다 하고 독촉해서 예정보다 빨리 반찬까지 썼는데, 막상 저물녘에 도착하고 보니 동네는 시간이 멈춰 있는 듯했다. 내가 양복을 입고 있다는 걸 새삼 깨닫게 되는 것이었다. 익숙한 골목에 차를 대고 바닷가를 거닐며 시간을 보냈다. 어릴 적에 이곳을 혼자 걷던 매일 저녁이 그럴듯한 추억처럼 떠올랐다. 누나와 한방에서 자기 불편한 나이가 되면서 나는 혼자

1층으로 내려와 매트를 깔고 잤다. 방금 손님들이 둘러앉아 소주를 마시던 자리에 드러누워 숙제를 하고 있으면 2층에서는 누나와 할머니가 다투는 소리, 그러다가 간간이 함께 웃는 소리가 흘러내렸다. 언젠가 할머니는 우리에게 생긴 건 닮았는데 어째 성적표는 딴판이냐고 물은 적 있었다. 나는 잠자리가 달라서 그렇다고 대답했으나 누구도 그 말을 이해하진 못한 것 같았다.

작은 소리에도 민감한 우등생. 그런 사람이 되기로 한 게 그때부터였다. 책을 읽다가 2층의 웅얼거림에 나도 모르게 귀 기울이다 보면 결국 사라진 아버지를 떠올리기 일쑤였고, 그따위 생각이나 한다는 데 또 화가 치밀었다. 그는 우리를 맡겨놓은 지 5년 만에 얼굴을 비추었다. 중국에서 수입했다는 인형을 들고 가게 문을 두드린 그에게 누나와 나는 어떤 표정을 지어 보였던가. 지난주에 떠났다 돌아온 사람처럼 태연히 어린이용 선물을 내밀던 그 모습은, 내가 줄곧 혐오하게 될 무책임한 인간의 표본으로 기억에 눌어붙었다. 그러니 마음을 다잡고 가게에 들어섰을 때, 누나와 오랜만에 마주한 순간 나는 이곳에서 내가 어떻게 보일지 문득 신경 쓰였다. 모든 게 그대로여서일지도 몰랐다. 치매라는 말에 풍비박산 난 풍경을 상상했는지도. 바닥에는 밥그릇 파편이 널려 있고 벽에는 불그죽죽하게 자기 이름을…… 하지만 누나가 꾸며놓은 음식점 내부는 그런 것과 거리가 멀었다.

"호두는 사 왔는지?"

누나가 물었다. 나는 눈을 휘둥그레 뜨고 사방을 둘러보느라 정신이 없었다. 원래도 개화기 다방이 연상될 만큼 외관이 고풍스러웠으나, 누나는 거기에 더해 내부를 파티 룸처럼 꾸며놓은 참이었다. 테이블도 다 어디로 치워놓고 중앙에 딱 하나만 남겨놓아서 이 공간이 처음으로 넓게 느껴졌다.

"안 사 왔지? 그럴 줄 알았다."

"치매에는 녹차가 좋아. 호두가 아니라."

누나는 주방 데스크에서 무언가 열심히 만들고 있었는데, 내 말에 고개를 들며 인상을 찌푸렸다. 나는 테이블로 걸어가 녹차가 담긴 봉투와 서류 가방을 의자에 내려놓았다. 다른 의자를 끌어다 앉고는 테이블에 팔을 얹었다.

"이 장식은 다 뭐야?"

"오늘 할머니 생일이야."

"오늘이?"

나는 바지 주머니에서 휴대전화를 꺼내 일정을 확인해보았다. 사실 그럴 필요도 없었다. 할머니 생일은 분명히 늦봄인데 지금은 초가을이었다. 누나는 장난치는 것처럼 내 행동을 지켜보며 코웃음 쳤다. 그러더니 방금 완성한 고깔모자를 들어 올리며 오늘 신나는 파티를 할 거라고 말했다. 할머니가 좋아하는 잡채뿐 아니라 소고기 스튜와 지중해식 디저트까지 곧 배달이 올 거라고 했다. 무슨 좋은 일이 있다고? 물어보고 싶은 게 많았지만 나는 입을 다물 수밖에 없었다. 위층에서 무언가 부스럭대는 소리가 들리더니 발걸음 소리가 계단을 따라 느릿느릿 내려왔다. 중앙 테이블에서 볼 때는 내려오는 사람의 뒷모습밖에 보이지 않아서 나는 고개를 쭉 빼고 할머니의 행색을 살폈다. 낮잠에서 방금 깨어났는지 머리카락은 부스스했고 눈매는 부드러웠다. 약간 안심이 되었다. 저렇게 말끔한 사람은 치매에 걸렸을 리 없다고 생각한 것이었다. 그래서 할머니가 학교는 잘 다녀왔느냐고 물었을 때 속수무책이었다. 학교를……. 나는 누나를 쳐다보았으나 누나는 어쩐지 미안한 표정만 지어 보였다.

누나의 말에 따르면 할머니는 석 달 전 주방에서 처음으로 냄비를 태워먹었다. 두부를 양념장에 조리고 있는 걸 잊어버리진 않았는데, 소금을 꺼내려고 찬장을 연 뒤 그대로 얼어버린 탓이었다. 초여름이었고, 벌써 관광객이 이 좁디좁은 음식점 안을 가득 채우고 있었다. 손님이 좀 빠진다 싶으면 딱 그만큼 새로 들어와 손을 들어 보였다. 누나는 웃는 낯으로 메뉴판을 가져다주면서도 내심 이 풍경이 낯설기만 했다. 인근 바닷가를 관광지로 개발한다고 떠들썩했던 게 불과 몇 년 전이었다. 손님들이 수영복에 셔츠만 걸치고 밥을 먹으러 오는 모습에도 여전히 익숙하지 않았고, 무엇보다 음식을 기다리면서 턱을 괴고 주방만 쳐다보는 게 마음에 들지 않았다. 주문 넣은 지 얼마 되지도 않았는데 뭐가 그렇게들 급하지? 그들이 주방을 보고 있는 게 아니라는 건 나중에야 알게 되었다. 음식을 갖다준 뒤에도 몇몇이 이쪽을 쳐다보기에 시선을 힐끔 따라가보니 주방 창문으로 바다를 보고 있었던 것이다. 그래도 께름칙한 기분은 가시지 않았다.

누나는 새로운 손님들이 왜 이토록 마음에 안 드는지 생각해보았다. 솔직히 마음에 안 든다는 말로도 부족했다. 넋 놓고 바다를 향하는 그 눈빛들을 보면 묘하게 소름까지 돋았으니까. 일단 현실적인 불만은 아닌 것 같았다. 근처 상가의 상인들은 임대료가 올라 고생이라고 했으나, 이 작은 건물은 오래전부터 할머니 소유였고 앞으로도 그럴 예정이었다. 어쩌면 익숙하지 않기 때문일 수도 있었다. 최근 여름마다 몰려오는 이 젊은 손님들은 분명히 다른 얼굴들이었으나 옷차림만큼은 놀라울 정도로 똑같았다. 엇비슷한 색깔의 수영복을 입고 그 위에도 역시 비슷한 모양의 셔츠를 걸치고 비슷한 음식을 앞에 두고 이쪽을 쳐다보는 모습이 어느 여행사의 광고 사진에서 걸어 나온 것 같았다. 멍하니 바다를 응시하는 모습은 자기들이 빠져나온 사진 속 세계를 그리워하는 듯도 했다. 누나는 그 풍경 속에서 평소처럼 일을 하느라 진이 빠졌다. 할머니도 그럴 거라고 생각했다. 그래서 할머니가 두부조림에 소금 대신 설탕을 넣었을 때도 그저 정신이 사나운 탓이라고 믿었다.

그러나 그건 분명 놀라운 일이었다. 놀랍다 못해 경악스러운 순간일 수도 있었다. 할머니가 없을 때 주방은 거대한 암호나 마찬가지라는 걸 우리는 경험을 통해 알고 있었다. 고등학생일 때 처음이자 마지막으로 할머니 생일을 챙기느라 음식을 만들어봤으나 재료를 도통 구분할 수 없어 한참 헤맸던 것이다. 할머니는 2층에 커튼을 늘어뜨려 공간을 구획한 것처럼 주방 집기와 향신료도 일관되게 정리해놓았는데, 참기름과 들기름이 서로 다른 모양 병에 담긴 꼴을 두고 볼 수 없어서 같은 종류의 유리병을 여러 개 놓고 소분할 정도였다. 우리는 '저기 파란 뚜껑 병 좀 가져와라'라는 식의 지휘에 익숙해 있던 터라 스스로 재료를 찾다 보니 면이 금세 퍼져버렸다. 그해 할머니 생일은 공휴일에 겹친 날이었다. 우리가 큰소리친 탓에 큰맘 먹고 가게도 쉬었는데, 일생 딱 한 번의 기회마저 그렇게 날려버릴 뻔했다. 할머니가 평소 안 먹어본 음식에 도전한 게 그나마 다행이었다. 파스타 재료를 올리브유에 볶으려다가 참기름을 들이부었으나, 아무래도 서양 음식은 우리 입맛에 안 맞는다며 농담이라도 할 수 있었으니까.

그러니 할머니가 나날이 이상해질 때 누나는 장사 걱정부터 할 수밖에 없었다. 식자재는 이제 눈 감고도 찾을 수 있었지만, 요리의 미묘한 맛은 여전히 할머니의 손끝에서 만들어졌다. 누나는 그 증상이 언제부터 시작되었는지도 알 수 없었다. 젊은 손님들은 너무 얌전해서 설탕 범벅이 된 두부를 먹고도 투덜거리지 않았으므로. 요리를 잘못하고 있음은 어떤 커플이 생선구이를 거의 다 남기고 일어났을 때 알게 되었다. 누나는 퍽퍽하게 식은 생선 살을 한 젓가락 떼어 먹은 뒤 생각에 잠겼다. 그러곤 가게 문을 며칠 닫아야겠다고 할머니에게 넌지시 말했다. 그때 할머니가 역정을 내며 한사코 반대했다면, 상황을 조금이라도 빨리 파악할 수 있었을까? 할머니가 고단한 표정으로 고개만 끄덕이자 누나는 그 모든 일이 피곤해서 벌어진 것이라 여겼다. 우리가 생일을 챙긴 딱 하루만 빼면 할머니는 평생 주방을 떠난 적 없었으니까. 우리에게도 일을 시키기는 했지만, 어쨌거나 할머니가 모든 일의 중심이었다. 아버지를 대신해 보호자 역할을 도맡았고, 누나가 중학생 때부터 담배를 피워도 일단 집에만 돌아오면 아무 말 없이 간식을 내주었다.

누나는 할머니와 둘이서만 시간을 보내기로 했다. 돌이켜보면 할머니는 휴가를 떠난 적이 한 번도 없었다. 음식점 문을 닫아걸고 누나가 식사 준비를 도맡는 나날이 그렇게 시작되었다. 그러다 보면 할머니가 곧 멀쩡해지리라 기대도 했을 테지만, 한편으로는 이참에 죄책감을 털고 싶은 마음도 있었을 것이다. 지금이야 누나는 착실히 가게 일을 돕는 손녀로 동네에 알려졌지만, 스무 살 직전까지만 해도 선량한 학생들이 마주치면 안 되는 얼굴의 대표 격이었다. 훗날 해명하기로는 음식점에 개인 공간이 없어 밖으로 나돌다 애들과 어울렸을 뿐이라 했지만, 어쨌든 그 우정이 교복 소매에 핏방울이 튈 정도로 격렬했던 건 사실이었다. 누나는 그 시절을 퍽 죄스러워하는 것 같았다. 할머니가 치매 진단을 받았을 때부터, 즉 이 휴가가 끝나지 않을 거란 사실을 알게 된 뒤부터 누나가 선의의 거짓말을 반복해온 것도 어쩔 수 없는 일이었다. 오늘은 휴일이니 손님 받을 필요가 없어요, 오늘은 제가 밥해드릴 테니 쉬고 계세요……. 그 오늘이 10여 년 전 생일날과 닮았다는 사실은, 케이크 없이 촛불은 어떻게 부느냐며 할머니가 수줍게 웃었을 때 알게 되었다.

"그 사람한테 연락은 한 거지?"

나는 싱크대 앞에 쭈그려 앉아 프라이팬을 찾으며 물었다. 누나는 찬장에서 도자기 그릇을 꺼내는 중이었는데, 까치발을 하고 이것저것 훑어보느라 대답은 뒷전이었다. 누나가 예약해둔 업체는 파티 음식을 전문적으로 만든다 자부하는 곳이었다. 그러나 배달에는 영 전문이 아닌 모양이었다. 비가 오는 관계로 배송이 늦어질 수 있다고 메시지를 보내온 뒤로 전화조차 받지 않았다. 우리는 음식을 바로 데울 수 있게끔 준비를 마치고 기다리기로 했다. 할머니는 손님처럼 테이블에 앉아 우리를 쳐다보고 있었다. 정말 저 눈에는 우리가 예전 그 고등학생들로 보이는 걸까? 누나의 말에 따르면 근래 할머니는 매일이 자기 생일이라 여겨서 저녁에 색다른 음식을 대접하지 않으면 눈에 띄게 실망한다고 했다. 문제는 할머니가 입맛만은 여전히 예민한 터라 어제 했던 음식을 오늘 또 만들어 바치면 무언가 이상하다는 걸 알아채는 것이었다. 누나가 그렇게 말하는 동안에도 할머니는 묘한 얼굴을 하고 있었다. 우리를 보며 미소 짓다가도 툭하면 생각에 잠기는 게, 마치 어떤 일을 하려고 왔다가 그 일이 무엇인지 잊어버린 사람 같았다.

"언제 오기로 했는데."

누나는 마침내 마음에 드는 그릇을 찾아 탁 소리가 나도록 내려놓았다.

"너 지금 혼잣말하는 거냐? 전화 안 받는 거 못 봤어? 안 그래도 정신없는데 진짜."

"아니, 음식 말하는 게 아니고……."

나는 가스레인지에 프라이팬을 올려놓고 누나를 뒤돌아봤다. 어떻게 하면 '아버지'라는 단어를 쓰지 않고 아버지에 관해 이야기할 수 있을까. 그 궁리를 하다 보니 무슨 심각한 고민을 하는 듯한 자세가 되었다. 해묵은 원한을 품고 사는 건 아니지만, 부모를 뜻하는 호칭이 워낙 끈적끈적해서 입 밖에 내기 껄끄러웠다. 내가 사회생활을 하며 줄곧 불편을 느껴온 지점이었다. 이 나라 사람들은 어떻게 된 게 자기 앞의 사람을 한 명의 사람으로 바라볼 줄 몰랐다. 편의점에서 세트 할인 상품을 구입하듯이 꼭 다른 누군가와 엮어서 파악하는 식이었다. 누구의 후배이고 누구의 제자이며 무엇보다 누구의 자녀인 게 왜 그렇게 중요한 질문거리인지, 중요한 게 아니라 의례적인 질문이라면 왜 그런 것 말고는 서로 할 말이 없는지 화병이 날 지경이었다. 진지한 분위기를 만들고 싶지 않아 화목한 4인 가정에서 자란 척 떠들어댄 적도 여러 번이었다.

누나는 그 점에서 나보다 편하게 살아왔을 듯했다. 나 역시 이 동네에 살 때는 누구에게도 부모에 관한 질문을 받아본 적 없었으니, 누나는 그런 일로 시달릴 필요가 없었을 것이다. 그러니 누나가 아버지에 대해 뚜렷한 적의를 보이지 않는 게 이상한 일도 아닐 것이다. 하지만 정말 그런 걸까? 어른이 되기만 하면 유년기의 안 좋은 일이 다 책에서 읽은 이야기처럼 수긍할 만한 것이 되어버리는 걸까? 누나는 내가 아버지에 관해 묻고 있는 걸 알아차렸고, 다시 뒤돌아 선반을 정리하며 전에 한 말을 되풀이했다. 아버지는 요즘도 베트남에서 아이들 장난감을 들여오고 있다고, 그래서 사업 도중에 돌아오기 힘들 텐데 어쨌든 그 사람이 할머니 아들이니까 기다리는 수밖에 없지 않겠느냐고 웅얼거리는 거였다. 너무 합리적인 주장에 나는 말문이 막혔다. 누나는 업체에 또 전화해봐야겠다며 주방을 나가버렸다. 계단을 밟아 2층으로 올라가는 뒷모습을 나는 망연히 바라보았다.

"너도 그냥 이해해주렴."

쟤가 말은 거칠게 해도 너를 다 이해해, 라고 할머니는 약간의 사이를 두고 말했다. 창밖을 보며 웅얼거렸기 때문에 그것이 나를 향한 말인지조차 확신할 수 없었다. 사방에 가득한 빗소리가 귓가를 건드렸다. 음식점 옆 풀숲에서 빗방울이 흙 두들기는 소리가 일정한 박자로 들려왔다. 대문 앞 처마에서는 벌써 작은 폭포처럼 빗물이 떨어지고 있었다. 고개를 들어 천장을 바라보았다. 그렇게 2층을 뚫고 천장 너머의 빗방울을 볼 수 있다는 듯이. 스스로도 이해할 수 없을 만큼 비합

리적일 때가 있지. 나는 그럴 적마다 내가 가족과 닮은 것 같아서 인상을 찌푸리곤 했는데, 여기까지 온 이상 내가 아주 합리적인 인간이라고 생각하긴 어려울 성 싶었다. 상황을 곱씹어볼수록 다 우스운 짓거리 같았다. 우리는 효도라고 할 만한 일을 평생에 딱 하루 했을 뿐이다. 할머니를 그 10여 년 전의 하루에 가둬놓고 있는 게 대체 누구를 위한 일인지 알 수 없었다. 차라리 이 모든 게 연극이라고 진실을 알려주어야 할 것 같았다. 누나가 뭐라고 하든 간에.

그러니끼 니는 힐머니를 노와수는 셈이라고, 내가 더 양심적으로 행동하는 거라고 믿었다. 하지만 내가 누군가에게 뭘 알려줄 처지가 아님을 알게 된 뒤로는 그 연극에 동참할 수밖에 없었다. 계속 양복을 입고 있던 게 문제였을지도 몰랐다. 오래전에 우리를 맡겨놓으러 왔던 아버지도 양복을 입고 있었으니까. 그는 언제나 멀끔히 갖춰 입는 사람이었다. 중요한 약속이 있어 금방 떠나야 한다는 듯. 주방에만 전등이 켜져 있었다. 나는 그 불빛 아래 서 있다가 무대에서 내려오는 기분으로 할머니에게 다가갔다. 어쩌면 그 동선이 문

제였을지도 몰랐다. 혹은 확신으로 가득했을 내 표정
이 문제였을지도. 할머니는 내가 맞은편 의자에 앉자
낯선 미소를 지어 보였다. 그 표정이 여느 때보다 행복
하고 인자해 보여, 나는 누나가 왜 이렇듯 이상한 하
루를 반복하는지 알 것도 같았다. 누나가 하자는 대로
며칠 지내보는 것이 나쁘지 않겠다고도 생각했다. 하
지만 바로 다음 순간 할머니의 입에서 전혀 예상치 못
한 호칭이 흘러나왔고, 나는 할머니의 눈길이 왜 이토
록 낯선지 그제야 알아차렸다.

*

　지나간 일을 돌이켜볼 때면 그 많은 장면 어디에도
나의 얼굴이 없다는 데 새삼 놀라곤 했다. 영화에 카
메라가 찍히지 않는 것만큼 당연한 일이었지만, 사람
의 기억은 영화와 달리 논리적이지 않아 골치 아픈 법
이었다. 2층에서 1층으로 홀로 떨어져 나온 날 이후로
나의 어린 시절은 시간순으로 구성되지 않았다. 밤중
에 깨어 주변을 둘러보면 사람의 얼굴이라고는 하나

도 찾아볼 수 없었다. 어둠 속에서 몰아치는 밤바다와 그 앞의 주방 식기들만이 시야를 메웠다. 열한 살짜리 꼬마의 겁먹은 눈길로 보든, 세상의 시시한 윤곽을 훑어볼 수 있게 된 고등학생의 시선으로 응시하든, 곁에 사람이 없을 때의 기억이란 그처럼 특색 없이 서로 뒤엉키는 것이었다. 그맘때 누나는 고교 친구들과 우정을 다지다가 주먹을 다쳐 정형외과에 다녔는데, 동네 노인들과 같이 누워 물리치료를 받다 보니 인생을 돌아보게 된 모양이었다. 누나가 붕대를 풀고 소주병이나 각목이 아닌 국자를 잡았을 때는 정말 나까지 돌잔치에서 눈물이라도 흘리는 기분이었다.

나는 얼른 이곳을 떠나고 싶다는 생각만으로 십대 후반을 견디는 중이었다. 서울에 있는 대학에 가는 것이야말로 어른이 되는 가장 멋진 방법 같았다. 우리 집에 대학생이 될 사람은 나뿐이었으니, 할머니는 물론이고 아버지 역시 1년 치 등록금은 내주겠다고 전화로 선뜻 약속한 바 있었다. 나는 밤마다 마음속으로 홍대나 신촌 어딘가를 떠돌았다. 그 덕분에 할머니의 생일 파티도 퍽 정성을 다해 준비할 수 있었다.

마지막이라고 생각했던 것 같다. 마지막이 되기에 괜찮을 장면이기도 했다. 우리가 파스타에 의도치 않게 참기름을 둘러버렸으나 할머니는 그마저도 해맑게 웃으며 먹어주었고, 어딘가에 숨겨놓았던 위스키를 꺼내 한 잔씩 나눠주기도 했다. 누나는 술을 처음 먹어보는 척하다가 우아, 확실히 비싼 건 다르네, 라고 저도 모르게 말한 뒤 폭소를 터뜨렸다. 나는 취한 채 케이크를 집어 먹다가 우리가 폭죽을 챙기지 않았음을 알아차렸다. 그러자 누나는 더욱 신나서 밖으로 뛰쳐나가 떨이로 불꽃놀이 키트를 몽땅 쓸어왔고, 우리는 다 함께 바닷가로 나가 터무니없을 만큼 많은 화약을 공중으로 쏘아 올렸다.

몇 년이 지나 나는 계획한 대로 서울로 떠났지만, 대학 술자리에서 흰소리를 떠들면서도 그 파티에 대해서는 함부로 말해본 적이 없었다. 말도 못 할 만큼 소중해서가 아니라, 말을 하다 보면 자꾸 생각을 하게 될 것 같아서. 스무 살 무렵까지 나에게 남은 기억은 크게 두 종류였다. 표정이 없는 물건들 틈에 홀로 머물던 나날과 폭죽만큼 요란하게 함께 웃어대던 찰

나. 둘 중 어디에 무게 추를 달아야 할지 고민하고 싶지 않았다. 나는 말없이 할머니의 맞은편에 앉아 있었다. 누나는 전화를 마치고 1층으로 내려왔고, 얼마 지나지 않아서 배달원이 빗줄기를 뚫고 와 문을 두드렸다. 이미 다 조리된 음식이 테이블에 하나씩 놓였다. 마치 페이지를 넘길 때마다 그림이 입체적으로 튀어 오르는 어린이책 같았다. 은쟁반에 담긴 소고기 요리에서 뜨끈하게 김이 올랐고, 샐러드는 방금 밭에서 따온 것처럼 푸르고 신선했다. 평생 음식점을 운영해온 할머니도 이렇게 눈앞에서 뷔페가 만들어지는 건 처음 볼 터였다.

우리는 곧장 접시를 들고 음식 앞으로 향했다. 누나가 말한 것보다 가짓수가 더 많았다. 과하다는 생각이 들 정도였다. 지구본을 팽팽 돌리며 몇 군데 무작위로 찍은 뒤 그 나라 음식을 대령하라고 시킨 듯했다. 나는 누나를 물끄러미 쳐다보았다. 혼자 못 견디겠으니 얼른 오라고 전화했던 걸 나는 분명히 기억하는데, 지금 보니 누나는 할머니를 돌보느라 고생하는 기색이 전혀 아니었다. 언제 봤는지 기억도 나지 않는 미소를 만면에 띠고 있었다. 할머니도 마찬가지였다. 두 사람 다 웃으며 식사하는 모습이 나에게는 낯설기만 했다. 사실 누나는 이 상황을 나름대로 즐기고 있을지도 모른다는 생각이 그때 들었다. 간혹 할머니가 여기가 어딘지 모르겠다는 양 멍하니 있으면, 누나는 요란하게 농담을 던졌다. 관광객의 주의를 끄는 가이드처럼.

"좀 웃지 그래."

할머니가 화장실에 간 사이 누나는 나에게 한마디 던졌다. 말은 그렇게 하면서도 목소리는 어느 때보다 부드러웠다. 술기운 때문일 수도 있었고, 향수에 취한 걸 수도 있었다. 누나가 내놓은 레드 와인이 테이블에 놓여 있었지만, 나는 내 잔에 따라놓은 것조차 거의 입에 대지 않았다. 마셨다가는 너무 많은 걸 납득해버릴 것 같았다. 문득 목구멍에서 무언가가 울컥 치밀었다. 웃으라는 말 같은 걸 함부로 하면 안 되지. 나는 미소를 짓기는커녕 입술을 꾹 다물고, 싸늘하게 식은 소고기를 포크로 하나씩 뭉갰다. 누나는 할머니가 화장실에 너무 오래 있는 것 같다며 자리에서 일어났다. 나는 텅 빈 홀에서 계속 음식을 짓이겼다. 할머니가 나를 아버지로 착각한다면, 할머니의 마지막 기억에 내가 아예 없다면, 나는 어떤 대답을 해줘야 할까?

그리 오래 생각할 필요도 없었다. 나는 포크를 내려놓았다. 의자 등받이에 체중을 실으며 고개를 젖혔다. 누나가 헬륨으로 부풀렸을 풍선들이 알록달록하게 천장을 장식하고 있었다. 누나는 이해할 수 없을 것이다. 내가 왜 울상을 하고 앉아 아무것도 먹지 않고 오가는 말에 한번 웃지도 않는지. 우리 세 사람이 함께할 수 있다고 생각했을 것이다. 하지만 적막한 분위기를 못 견뎌 와인을 단번에 마셔버린 뒤 2층에 올라가자 누나가 모든 걸 알고 있을지 모른다는 생각이 밀물처럼 몰려들었다. 다락방은 순식간에 작아진 듯 보였다. 몇 걸음 안 되는 계단 통로에 양어깨가 닿을 지경이었고, 어릴 적 누나와 술래잡기하던 진녹색 커튼은 이제 한 손으로 쥐어뜯을 수 있을 것 같았다. 그런데도 그너머에 있는 것을 보고 질겁했다니 한편으론 우스운 일이었다. 하지만 우스운 일이 아니었다. 우리는 유년기의 한 풍경으로 걸어 들어가고 있었다.

등 뒤에서 발소리가 들렸다. 내가 먼저 입을 열었다.

"알고 있었어?"

이거 말이야, 라고 말하듯 나는 커튼 너머에 가득 쌓여 있는 싸구려 인형들을 턱짓으로 가리켰다. 오른쪽 침대에는 인형이 여럿 뒹굴고 있었고, 왼쪽 창가 테이블에도 반려동물인 양 인형이 앉아 있었다. 언젠가 할머니는 아버지가 왜 빚을 지면서까지 장난감 사업에 열을 올리는지 이야기해준 적 있었다. 네 할아버지는 네 아빠 얼굴도 못 보고 죽었단다. 우리는 가난했고 그맘때 아이들 사이에 유행하던 고무줄총도 살 여유가 없었어. 네 아빠가 처음으로 씩씩대며 떼를 쓰는데 나는 회초리를 들 수밖에는⋯⋯. 정말 그런 것 때문일까? 누군가의 잘못에 이유를 갖다 붙이는 것은 색칠 놀이와 다름없는 짓이 아닐까? 지금 할머니가 기억을 멋대로 뒤섞어놓은 채 죽어가듯이. 누나는 오랫동안 대답이 없었고, 나는 천천히 몸을 돌려 다시 한번 물어보았다.

"알고 있었구나."

"무슨 소릴 하는 거야?"

누나는 팔짱을 끼고 서 있었다. 그게 어쩐지 추워서

몸을 감싸는 몸짓과 비슷해 보였다. 뺨은 발갛게 달아올랐으나 왠지 하얗게 질린 것처럼 보였다. 어쩌면 누나는 내가 아는 것보다 훨씬 영리한 사람일 수도 있었다. 오히려 내가 아둔한 사람처럼 보이지는 않았을까? 그래서 할머니의 머릿속을 비밀에 부칠 수 있다고 믿었는지도 몰랐다. 나는 무슨 거짓말이든 하고 싶어졌다. 누나를 겁에 질리게 한 적은 한 번도 없는 것 같았다.

"할머니가 혼자 있고 싶으시다는 거."

"……."

술 때문인 것 같았다. 그렇게 기억하기로 했다. 일단 입을 열자 내 뱃속에 있는 줄도 몰랐던 이야기가 줄줄이 흘러나왔다. 누나는 평소처럼 인상을 찌푸렸다가 점차 당혹스러운 표정을 지었다. 나의 기억은 이랬다. 음식이 오기 전, 누나가 2층에서 전화를 하고 있을 때 나는 할머니와 긴 대화를 나누었다. 할머니는 바닥에 떨어뜨린 게 있는 것마냥 고개를 숙이고 있었는데, 한순간 무서울 만치 침착하게 말했다. 더는 가족들에게 짐이 되고 싶지 않다고. 이제 이곳을 벗어나고 싶구나. 너무 오래 있었어. 누나는 내 말을 순순히 믿지 않는 기색이었지만, 그렇다고 고개를 홱 돌릴 수도 없는 눈치였다. 우리는 참을 수 없을 만큼 애새끼들이었다. 금방이라도 발을 구르며 난장을 피울 것 같았다. 그러면 할머니는 헐레벌떡 계단을 오르겠지. 나는 겁을 집어먹고 커튼 속에 숨어 있는데 누나는 자랑하듯이 자초지종을 설명하겠지……. 그러나 이번에는 1층에서 소란이 일었다. 날붙이들이 와르르 떨어지는 소리. 주방에서 났을 그 소리는 질주하듯 2층까지 올라왔다. 누나는 퍼뜩 정신을 차리고 달려 내려갔다. 나는 이야기를 끝맺지 못한 채 홀로 서 있었다.

암전.

언젠가 이런 생각을 했다. 사람은 어두운 곳에서 잠을 청하고, 밤이 오기 전에는 어둠을 볼 일이 없기 때문에 어둠이 침묵과 어울린다고 착각하는 것이다. 하지만 실제로 눈을 감으면 모든 소리가 수십 발자국 가까이 다가온다. 오래전 불꽃놀이가 끝나고 내가 경험한 순간도 그런 것이었다. 끝이 없을 듯하던 폭발음 뒤에는 소란 끝에 찾아오는 침묵이 있었고, 눈을 감으니 밤바다 한복판에 둥둥 떠 있는 듯한 기분이 들었다. 파도 소리가 귓바퀴를 메웠다. 자냐? 누나가 킥킥대며 내 옆구리를 찔렀다. 그러거나 말거나 나는 모두가 그런 순간으로 걸어가는 건지도 모르겠다고, 십대 특유의 감상에 젖어 있었다. 그러니 이번에도 감상에 젖을 수 있지 않을까. 누나가 내려간 뒤로 아무 소리도 들려오지 않았다. 나는 실수로 남의 집에 들어온 사람처럼 조심스레 계단을 밟았다. 왜인지 1층 불이 다 꺼져 있었다. 누나는 계단을 끝까지 내려가지도 못한 채 뒷모습으로 서 있었다.

아버지를 불렀다는 말이 거짓말인 줄은 알았지만, 나는 그게 잘한 일이라고 내심 생각했다. 하지만 오늘 저녁에 우리는 큰 실수를 저지른 것 같았다. 할머니는 주방 창문 앞에 서서 바다를 내다보고 있었다. 파도는 시퍼렇게 달려드는데, 그걸 지켜보는 눈빛은 어떨지 알 수가 없었다. 창문으로 보이는 밤바다와 할머니의 뒷모습은 한 장의 사진처럼 잘 어울렸다. 당장이라도 그쪽 세상으로 걸어 들어가 우리에게 손을 흔들 듯

했다. 오늘이야말로 마지막인 걸까? 나는 그래도 좋을 것 같았다. 서로에 대해 더 잘 아는 것이 꼭 좋은 일은 아니라는 걸 이제 알았으니까. 할머니가 기억을 잃어 버려 우리가 알 수 없게 된 것도, 다른 무엇이 아니라 할머니의 거짓말이라는 생각이 들었다. 누나는 눈을 감고 있을 것이다. 나는 지금 어떤 농담이 어울릴지 궁리하며 계단을 내려갔다. 여느 때처럼 창문 속 파도에 는 소리가 없었다. 웃음이 나올 것 같았다.

©김한결

　혼자 산 지 반년이 지나자 나는 몰랐던 사실을 하나 알
게 되었다. 바로 꿈에서는 늘 누군가와 함께 있다는 것이다.
잠에서 깨어나는 순간 그들 대부분의 얼굴을 잊어버리지

만, 어쨌거나 혼자서는 이야기가 되지 않는 모양이다. 소설을 쓰고 나면 그런 생각이 든다. 이것은 종이로 집을 지어놓고 소꿉놀이를 하는 작업이다. 물론 나의 선생님들은 이 말이 못내 불편하실 것이다. 창조한 인물을 실재처럼 여기고 온 세상을 담아낼 만한 이야기를 만들라 하셨으니까. 하지만 글쓰기를 마칠 때마다 쓸쓸해지는 건 어쩔 수 없다. 인물이 아무리 생생하게 움직이고 앞장서 이야기를 풀어나간다 하더라도 그들은 오르골 속에 존재할 뿐이다. 한번은 주인공과 헤어지기 싫어 결말 쓰기를 미룬 적도 있지만, 나는 결국 밖에서 태엽 감는 역할이었다. 언제나 그게 아쉬워 글을 쓰는 것 같다.

여행을 떠나는 이유도 마찬가지일 것이다. 나는 중학교에 입학할 때까지 지구가 둥글다는 말을 의심했는데, 그건 지역마다 바닷물의 느낌이 너무 다르기 때문이었다. 강릉에서 보는 시푸른 바닷물, 제주도의 유리구슬처럼 맑은 바닷물, 인천 앞바다에 넘실대는 거친 질감의 바닷물이 하나의 바다로 이어져 있다니……. 어른이 되면 세계 곳곳의 바닷물을 보러 다닐 거라는 결심을 그 무렵에 했다. 러시아는 그중에서도 환상적인 여행지였다. 연중 눈이 그치지 않을 것 같고, 혁명의 기운이 남아 있을 듯하고, 거칠지만 솔직한 사람들이 가득한 곳. 물론 이십대 후반인 지금은 그게 우스꽝스러운 편견이란 걸 안다. 하지만 지인이 인스타그램에 올린 블라디보스토크의 바닷물을 본 순간, 나는 곧바로 항공권을 예약할 수밖에 없었다. 먹구름처럼 잿빛으로 일렁이는 바다는 다시 봐도 환상적이었다.

나는 야경이 가장 잘 보인다는 숙소를 에어비앤비에서 구했다. 미리 말해두자면, 그 숙소는 퍽 난해한 꼴을 하고 있었다. 서로 다른 건물 세 개를 늘어내 조립해놓은 듯 커다랬는데, 수많은 문짝이 군함의 포문처럼 건물 여기저기에 나 있는 식이었다. 공항에서 택시를 잡아 숙소 앞에 도착한 우리는—H는 나와 연애한다는 이유만으로 이 고된 여행에 함께했다—비로소 얼마나 안일했는가를 깨달았다. 숙소 앞에 도착하면 건물에 들어가는 방법을 자연히 알게 될 거라 짐작하다니, 러시아는 그렇게 호락호락한 곳이 아니었다. 우리는 건물 주위를 한 바퀴 빙 돌면서 탐색전을 펼쳤다. 커다란 네온사인으로 벽에 호텔이라 적혀 있긴 했지만, 오가는 면면을 보아하니 눌러사는 이도 여럿인 모양이었다.

에어비앤비 호스트에게 숙소 들어가는 방법을 물어봐야 하는데, 곤란한 상황이면 으레 그렇듯 나의 아이폰은 방전된 참이었다.

기계가 때로 사람을 아둔하게 만든다는 건 다들 알지만, 다들 그렇듯이 나도 나만큼은 그렇지 않을 거라고 생각했다. 휴대전화를 쓸 수 있는 한 길을 잃어버릴 일은 없다고 믿은 걸까? H의 휴대전화로 내 에어비앤비 계정에 로그인해 호스트와의 메신저 창을 열었지만, 그는 숙소에 들어가는 방법을 카카오톡에 남겨놨다고 말한 뒤 메시지를 안 읽고 있었다. 그리고 남의 휴대전화로는 내 카카오톡 계정에 들어갈 수가 없었다. 숙소로 들어갈 방법을 알려면 내 휴대전화를 충전하는 수밖에 없었다. 우리는 도착한 날 저녁부터 콘센트를 찾아 돌아다녀야 할 판이었고, 하필 숙소는 중심가에서 동떨어진 곳이었다. 이 모든 불행이 나에게서 비롯되었음을 눈치챈 H는 어린애에게서 의약품을 빼앗듯 휴대전화를 도로 가져가버렸다. 그러고는 화면에 지도를 띄운 뒤 앞장서 길을 찾아갔다. 읽을 수 없는 간판들이 금빛 조명 아래 흔들리고 있었다. 나는 이 여행을 계획할 때 야경 외에는 별 고민을 해본 적 없음을 그제야 알았다.

따뜻한 카페는 허무할 정도로 가까운 곳에 있었다.

가끔은 이야기 만드는 것이 누군가를 괴롭히는 일처럼 느껴진다. 조금 더 솔직하게 말하자면, 실제 사람을 괴롭힐 만큼 독하지도 않고 그만한 권력도 없으니 나만의 소우주를 만드는 게 아닐까. 그런 냉소적인 생각이 고개를 드는 것이다. 물론 이것은 나만의 콤플렉스가 아니다. 세상 모든 소설 작법서에는 등장인물을 불행하게 하는 온갖 방법이 고문실의 날붙이처럼 진열되어 있다. 익숙한 곳을 떠날 수밖에 없게 하라, 무언가에 쫓기거나 무언가를 쫓도록 조장하라, 곁에 늘 죽음의 그림자가 맴돌게 하라……. 작가가 되겠답시고 이런 걸 들여다보면서, 나는 이야기꾼의 본질을 아주 삐딱한 쪽으로 이해했다. 작가는 누구나 이야기 속 인물을 질투하는 게 아닐까? 우리가 발 딛고 있는 지구에서는 허무를 견뎌내야 하지만, 이야기 속 세상은 의미로 가득하니까. 하찮은 엑스트라조차 헛되이 살 리가 없는 것이다.

이야기 속 인물들은 대부분 자신이 이야기 속에 있다는 걸 모른다. 나는 그 사실을 나중에야 알게 되었다. 블라디보스토크의 밤거리는 퍽 을씨년스러웠다. 길을 걷다가 옆

골목을 들여다보면 정말이지 시커먼 어둠뿐, 어떤 사물의 윤곽도 눈에 들어오지 않았다. 보이는 게 하나 없는데도 어둠이 이국적으로 느껴지는 이유는 아마 공기 때문이었을 것이다. 한 번도 느껴본 적 없던 소금기가 바람에 스며 있었고, 우리는 카페에 들어선 뒤에도 한참이나 외투를 벗지 않았다. 나는 자리를 잡자마자 콘센트에 휴대전화 충전 선을 연결했다. 카페 자릿값 삼아 아무 맥주나 주문한 뒤, 등받이에 몸을 기댄 채 H의 눈치를 봤다. 우리가 대학 졸업하고 처음 떠난 여행인데, 내가 부주의한 탓에 첫날 숙소에도 못 들어가는 판이었으니까. 숙소를 같이 알아보자던 H의 말에도 다 내가 알아서 하겠다며 고집을 부렸던 게 스스로도 한심했다.

우리는 침묵 속에 맥주를 마셨다. H는 무슨 말을 하려는 듯 입술을 수차례 달싹거렸지만, 결국 입을 다물고 창밖을 힐끔거릴 뿐이었다. 카페에서 나올 때 H가 꺼낸 말은 이런 것이었다.

"말이 안 되는데."

"뭐가?"

"야경이 멋질 리가 있나. 이렇게 다 어두운데."

건물로 돌아가는 길에도 H는 앞장서서 걸었다. 호스트는 숙소에 들어가는 방법을 영상으로 찍어 카카오톡에 남겨 놓았고, 우리는 별 어려움 없이 비밀번호를 누르고 숙소 안으로 들어갈 수 있었다. 그리고 그곳에는 빛이 있었다. 숙소로 들어선 순간 가장 먼저 눈에 들어온 것은 작게 반짝이는 불빛들이었다. 커다란 창문 너머, 우리가 걸어온 길 너머의 번화가 불빛이 때아닌 크리스마스 장식처럼 반짝거렸다. 마침 항구에 정박한 크루즈 선박은 어찌 보면 옆으로 누운 크리스마스트리 같기도 했다. 우리는 한참이나 전등을 켜지 않고 야경을 감상했다. 그 광경은 마치 그럴싸한 이야기의 결말처럼 모든 일을 잘 마무리해줄 듯했다. 이상한 말이지만 그 순간 나는 왜 혼자서는 이야기가 되지 않는지 알 것 같았고, 이야기 속 인물들이 현실의 우리만큼이나 불안과 허무에 휩싸여 살아간다는 것도 알 듯했다. 그들에게 결말이란 언제나 이해할 수 없는 표정처럼 찾아올 테니까. 나는 바다를 배경으로 쓴 어느 이야기의 주인공에게 늦게나마 미안해졌다.

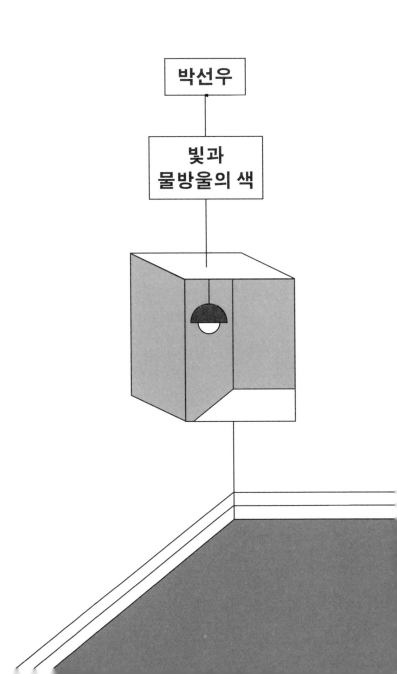

박선우

빛과
물방울의 색

그 일이 있고 나서 종종 의문에 휩싸이곤 했다.

내가 정말로 너를 만나기나 했던 것인지.

우거진 이파리들 사이로 잘게 부서져 내리는 빛. 그 아래에서 두 눈을 감고 있으면 네가 떠오르곤 했다. 아마도 살갗에 내려앉은 온기가 내 안의 물기를 뭉근히 데워 증발시키는 감각 탓이었겠지. 그때마다 나는 조금씩 바삭해지며 너를 잃었다. 잊는 기분에 사로잡혔다. 다시는 너를 만나지 못하리라는 예감에 무릎이 툭 꺾일 것만 같았어. 그러니까 그날, 늦여름의 태풍이 짙은 먹구름을 몰고 온 그때처럼, 네가 내 앞에 나타날 일은 더 이상 없으리라는 확신이 나를 말라붙게 만들었다. 야위게 했고, 덕분에 내 삶은 옥상 난간에 널어두고 까맣게 잊어버린 솜이불처럼 수척해져…… 누군가의 수거를 기다리는 형태로 남아 있다. 기약 없이, 그 어떤 기대도 없이.

*

첫 직장에서 권고사직을 당하고 두 달여의 시간이 지났을 무렵이었다. 중국 상하이를 관통하며 북상한 태풍 유유의 영향으로 그해 8월 서울에는 일주일 넘게

비가 내렸다. 유유는 중국에서 제출한 태풍명으로 '황당무계한, 셀 수 없이 많은, 아득히 먼'이라는 뜻을 지녔다고 했다. 그러니까 황당무계할 정도로 많은 풍수해가 들이닥쳐 모든 것을 아득히 먼 곳으로 쓸어 가버린다…… 는 뜻은 아니고 그저 어감처럼 부드럽고 완만하게 흘러가주었으면 하는 소망을 담은 작명이라고 했다. 그러나 유유는 발생과 동시에 필리핀과 대만을 휩쓸며 갖은 인명 피해를 일으켰고 일본 남부와 한국에는 69년 만의 기록적인 장마를 몰고 왔다. 어떤 의미로든 곳곳에 '유유'한 상황이 벌어졌으니 과연 이름값은 하는구나 싶었는데, 이제 와 생각해보면 왜 하필 그때였을까 하는 의문이 든다. 어째서 지금이 아니고 그때여야 한단 말인가. 69년간 단 한 번도 일어나지 않았던 일이 무슨 연유로 인하여 그 여름에만……

당시 나는 거의 하루도 빠짐없이 빗발을 헤치고 무교동 스타벅스로 향했다. 그건 실직한 와중에도 아침 일찍 깨어나 출근하고 저물녘까지 근무하던 텐션이랄까, 리듬을 유지하기 위해서였는데, 실상은 한나절 내내 카페 창가에 앉아 책을 읽거나 꾸벅꾸벅 졸거나 무엇도 되지 못할 글을 노트에 끄적이는 것이 전부였다. 그 시기에 나는 목숨을 위협하는 자연재해나 예측할 수 없는 미래보다 나의 무능과 태만을 견딜 수 없었으므로, 더는 나를 해고하지 않을 새로운 직장을 찾거나 자격증 시험을 준비하는 것이 아님에도 매일같이 집을 나와 카페로 향하는 루틴을 멈추지 못했다. 나는 도무지 나를 가만히 내버려둘 수 없었고, 그건 어떤 면에서 증오에 가까운 괴롭힘을 연상시킬 정도였다.

그날 정오에도 나는 얕은 계단참과 일방통행로가 건너다보이는 창가 자리에 앉아 책을 읽고 있었다. 싸늘하게 식어버린 캐모마일 티를 홀짝거렸고, 이따금 뻐근해진 목과 어깨를 스트레칭하며 전면의 유리 벽 너머로 줄기차게 쏟아져 내리는 비를 구경했다. 그렇게 인적이 드물고 어두컴컴해진 거리를 내다보며 누구와도 소통하지 않은 채 오랜 시간을 지내다 보면 어느 순간 나 자신은 물론이고 나를 에워싼 이 세계가 비현실적인 색채와 감촉으로 엄습해오곤 했다. 그때마다 나는 당장에 내가 죽어버려도, 공상과학영화에서 본 것처럼 내 육신이 낱낱의 입자가 되어 흩어져버려도 전혀 놀라지 않을 것만 같은 비감에 사로잡혔다. 급작스러운 회한은 점심 식사를 마치고 카페로 몰려들었던 직장인들이 하나둘 사무실로 돌아가고 나서야 맥없이 가라앉았다. 그렇지만 한번 흐트러진 마음을 다잡기란 여간 녹록하지 않아서, 나는 오후 시간이 되면 급격한 집중력 저하로 책을 읽는다기보다 그저 응시하는 상태가 되었다. 하필 그렇게 눈이 반쯤 풀려 있을 즈음 누군가 나를 향해 다가오는 기척을 느꼈다. 처음에는 카페 앞을 지나치는 행인이려니 하고 신경 쓰지 않았는데—계속 졸았는데—이내 테이블과 책뿐이던 내 시야 안으로 붉은색 스니커즈의 앞코가 나타났다.

똑똑.

유리 벽을 두드리는 소리에 놀라 고개를 들어보니 네가 나를 내려다보고 있었다. 하얀 리넨 셔츠에 연갈색 면바지, 미소를 지을 때 왼쪽 볼에만 생기던 보조개까지 네가 분명했다.

내가 넋 놓고 바라만 보는 사이, 너는 장난기 어린 몸짓으로 내 앞을 지나갔다. 출입문을 열고 들어와 창가 자리로 다가왔다. 일순 네가 몰고 온 서늘하고 축

축한 바깥 기운에 나는 어깨를 움츠렸다.

"뭐야, 너. 왜 왔어?"

"그냥. 지나가는 길에 보여서."

"지나가, 그럼."

"시간이 좀 남기도 해서."

너는 서글서글하게 웃으며 내 옆의 의자를 당겨 앉았다. "책 읽고 있었네." 스스럼없이 오른손을 뻗어 내 앞에 놓인 연보랏빛 책자를 움켜쥐었다. 표지를 들춰 제목을 확인하려고 했다.

"안 돼." 나는 반사적으로 그걸 낚아채 올렸다. 앞면과 책등이 보이지 않도록 품에 꼭 끌어안았다.

"뭔데 그래. 보여줘."

"알 거 없잖아."

나는 그대로 상체를 틀어 의자 등받이에 걸어두었던 검은색 백팩에 책을 쑤셔 넣었다. 보여줘도 그만이었으나 괜히 그랬다. 이제 와서 생각해보면 너는 내가 읽던 책의 제목을 확인한 뒤 자연스레 대화를 이어가려 했던 것 같다. 아는 책이면 아는 척을 하고, 모르는 책이면 그것에 관해 질문을 던지는 방식으로 어색한 분위기를 풀어가려 했던 것 같다. 그렇지만 5년 전, 너에게 연락 두절이라는 방식으로 난생처음 연애의 끝을 경험하고 주체할 수 없는 분노에 사로잡혀 머리를 빡빡 밀어버린 다음 군에 입대한 기억을 트라우마처럼 지니고 있는 내가 별안간 나타난 너에게 읽던 책 제목 따위를 알려주고 싶을 리 없었다. 제목은커녕 등장인물이나 줄거리, 하다못해 책 가격이나 사은품 정보조차 너와는 일절 공유하고 싶지 않았고…… 이제 우리가 주고받을 것이라고는 주먹다짐 정도밖에 남지 않은 것 같은데 어째서 네가 감히……

우리는 나란히 앉아 창밖을 내다보며 침묵을 지켰다. 진녹색 줄무늬가 그려진 차양 끝에 아슬아슬하게 매달린 물방울이 바닥으로 떨어져 내리는 궤적을, 그것이 우묵한 자리로 흘러 만든 웅덩이를 말없이 바라보았다.

"나는 네가 죽은 줄만 알았어."

무심코 뱉은 말에 너는 귀 뒤를 긁적이다가 대답했다. "죽었는데."

"재미없거든."

"진짜야. 좀 됐어." 그러면서 너는 주위를 두리번거렸다. 바로 뒤편의 테이블로 걸어가 어느 손님이 치우지 않고 남겨둔 접시 위의 나이프를 집어 들었다.

"잘 봐."

너는 그걸 단박에 왼쪽 가슴에 찔러 넣었다. 정확히는 심장과 빗장뼈 사이에 칼날을 절반 정도 박아 넣었다. 나는 차마 입을 다물지 못했다.

너는 내 표정을 건너다보며 씨익 웃었다. 나이프가 박힌 가슴을 보란 듯이 내밀었고 좌우로 흔들기까지 했다. 그러고는 천천히 나이프를 빼냈다. 은빛 칼날에 피가 한 방울도 베이 나오지 않았다.

그때 자리에서 일어나 도망쳤어야 했다. 미친 새끼 아냐, 이거. 네 머리를 한 대 후려치거나 욕이라도 퍼부었어야 했다. 돌이켜보니 너한테 맺힌 억하심정을 풀 수 있는 타이밍은 그때뿐이었다.

"진짜네." 나는 갈라지는 목소리로 더듬더듬 말했다. "정말 죽었나 보네." 시선을 어디에 두어야 할지 몰라 잠시 우왕좌왕했다.

"어." 너는 담담한 어조로 대꾸했다. "완전히는 아니고 반쯤."

"반?"

"아니, 그보다는 훨씬 더 죽었는데…… 어쨌든 아슬 아슬하게 살아 있긴 해."

너는 쥐고 있던 나이프를 도로 접시에 내려놓았다. 그러다가 어떤 생각이 들었는지 시무룩한 표정으로 어깨를 축 늘어뜨렸다. 천장의 할로겐 조명이 칼날에 반사되어 너의 두 눈에 동그랗게 맺혔다. 잠자코 있던 나는 분위기를 전환할 겸 다른 말을 꺼냈다. "뭐 좀 마실래?"

너는 언제 그랬냐는 듯 배시시 웃으며 다가왔다. "빨리도 물어보시네."

"돌체 라테 좋아했지?"

"아니, 그거 말고." 너는 위 건강에 좋지 않아 카페인을 끊었다면서 마스카르포네 티라미수 케이크가 먹고 싶다고 했다.

"마스카…… 뭐?"

나는 그런 게 있기는 하나 싶어서 진열장 앞으로 다가갔다. 형광 조명 아래 은은하게 반짝이는 청록색 탄산수병과 투명한 플라스틱 상자에 담긴 베이컨 포테이토 샐러드, 색색의 과채 음료 뒤편에 하나 남은 마스

카르포네 티라미수 케이크를 발견했다.

죽은 사람 소원도 들어준다는데.

케이크를 받아 자리로 돌아왔을 때, 정작 너는 그걸 먹는 둥 마는 둥 하더니 금세 포크를 내려놓았다. 생각해보니 티라미수의 말랑말랑한 식감을 좋아한 적 없다고 했다.

그제야 내가 알던 그 인간이 맞구나 싶었다. 좋아 죽을 것처럼 달려들어 쪽쪽거릴 땐 언제고 느닷없이 나를 밀쳐내던 너의 손바닥, 실룩거리기만 할 뿐 좀체 열리지 않던 입술, 아무리 문자메시지를 보내도 한 번을 응답해오지 않던 순간들이 머릿속을 스쳐 지나갔다. 너는 너만 알지. 나는 나만 알고. 마지막으로 만났던 밤에는 공원 벤치에서 그런 말을 툭 뱉기도 했었다.

나는 네가 내려놓은 포크를 움켜쥔 채 케이크를 퍼먹기 시작했다. 고소한 크림치즈와 커피 향이 입안을 가득 채웠으나 그 풍미를 느끼기도 전에 삼켜버렸고, 전부 삼키기도 전에 다른 조각을 입에 쑤셔 넣었다. 순식간에 절반 가까이 먹어치웠다.

"왜 억지로 먹는 거야."

네가 물었을 때 나는 너를 쳐다보지도 않았다.

"음식 남기면 못써. 나중에 지옥 가서 다 먹는 거 몰라?"

기어이 한마디 뱉어놓고는 아차 싶었는데, 뜻밖에 너는 무감한 얼굴로 끄덕거렸다. "그렇다며." 느릿한 어조로 덧붙였다. "그래도 나중이 무서워서 지금 억지로 먹는 건…… 좀 아닌 거 같아."

나는 아랑곳하지 않고 케이크를 마저 먹었다. 음료 없이 먹으려니 뒷맛이 다소 느글거렸으나 조금도 내색하지 않고 끝까지 해치웠다. "나중이 무서워서가 아니야." 냅킨으로 입가를 눌러 닦으며 말했다. "그냥 현재에 충실하려는 거라고."

"사실 나는 무서워." 너는 중얼거리듯 말했다.

"뭐가."

"나중이."

나는 쥐고 있던 냅킨을 절반으로 접었다. "어차피 죽었…… 아니, 거의 죽었다면서 뭐가 그렇게 무섭대." 나는 접은 냅킨을 한 번 더 반으로 접었고, 대각선으로 또 접어서 이등변삼각형 모양을 만들었다. 그것이 제힘으로 펴지려고 할 때마다 검지로 모서리 부분을 꾹꾹 눌렀다. "그러니까 네가 지금 이 정도로 살아 있다는 거지?"

너는 그것을 골똘히 들여다보다가 제 앞으로 가져가서는 반으로 접었다. "으음." 성에 차지 않는지 한 번 더 접었다. "이 정도일 것 같은데."

나는 엄지손가락보다 작아진 그 삼각형을 내려다보며 이게 뭘까, 생각했다. 그러니까 이 정도로 살아 있다는 것은 무엇이고, 이보다 몇 배는 더 살아 있다는 것은 무엇일까 생각했다. 한 사람의 생을 길이가 아니라 면적으로 환산했을 때, 최초의 상태에서 반의반의 반의반의 반이 되어버린 너를 대체 뭐라고 부를 수 있을까. 이것은 나와 얼마나 다른 생의 크기인 걸까. 나는 지금 내가 얼마만큼 살아 있는지 안다고 말할 수 있을까. 그러니까 나는 적어도 반의반의 반의반…… 까지는 아닐 거라고, 적어도 너보다는 나을 거라고 멋대로 나를 추정해도 괜찮은 걸까. 착각해도 괜찮은 걸까. 그렇지만 우리 사이에 놓인 그 빌어먹을 삼각형을 내려다보고 있자니 나 역시 너와 별다르지 않은 상태이리라는 예감을 떨쳐내기 어려웠다.

"비가 그치려나 봐."

그러다가 네 목소리에 고개를 들었을 때, 빗줄기가 차양을 두드리던 소리는 사뭇 잦아들어 있었다. 거리의 안개는 희미하게 옅어진 채였고, 물웅덩이에 일던 파문은 사라지고 없었다.

"아직 안 되는데." 너는 나직이 덧붙였다.

"그치면 좋지, 왜." 나는 건널목의 플라타너스가 바람에 휘청이는 모습을 바라보았다. 마른 잎사귀 하나가 가지 끝에 매달려 떨어질 듯 말 듯 위태로웠다. "혹시 너."

고개를 돌려보니 너는 사라지고 없었다.

*

빗줄기는 멈추지 않았다. 눈에 띄지 않을 만큼 가늘어졌다가 굵은 빗방울로 변해 떨어지길 반복했다. 나는 집으로 돌아와 늦은 저녁으로 끓인 진라면 순한 맛을 냄비째 식탁에 올려놓았다. 주전자에서 보리차를 한 잔 따랐고 수저통에서 젓가락을 챙겨 들었다. 식사를 하려고 자리에 앉았을 때 안방에서 졸다가 깬 엄마가 문을 열고 비척비척 걸어 나오는 모습이 보였다. 엄마는 내 맞은편 의자에 앉아 마른세수를 하더니 나를 멀거니 바라보았다.

대체 언제까지 이러려는 걸까.

몇 달 전부터 엄마는 미싱 일을 마치고 집에 돌아오면 텔레비전 대신 휴대전화로 온갖 유튜브 채널을 시청했다. 건강 정보, 시사 상식, 오늘의 유머, 토정비결 따위를 가리지 않고 보았다. 그중 한 채널에서 부당 해고를 당한 삼십대 남성이 정동성 우울증에 걸린 사례를 다룬 모양이었다. 하루에 10분, 일상적인 대화를 나누는 것만으로 극단적인 선택을 예방할 수 있다는 임상심리학자의 견해는 돈 한 푼 들지 않는다는 이유만으로 실천되었는데…… 내가 이런 정황을 알고 있다는 걸 엄마는 아는지 모르는지…… 중학생이던 아들의 성 정체성을 알게 되었을 때 이후로 정말 오랜만에 토크에 집착하는 모습을 보였다.

그 밤 이렇다 할 대화 소재가 없었던 나는 엄마에게 너를 만난 이야기를 들려주었다. 죽은 줄만 알았는데, 아니 거의 죽었다는데 케이크를 사 달라며 떼를 썼다고, 그래놓고는 고맙다는 인사도 없이 가버렸다고 말이다. 조용히 듣기만 하던 엄마는 이야기 말미에 땅이 꺼져라 한숨을 내쉬었다. "이제는 하다 하다 총각 귀신을 만나니."

"귀신은 아니지. 완전히 죽은 게 아니니까."

엄마는 내 얼굴을 가만히 들여다보다가 쯧 혀를 찼다. "이러다가 내가 먼저 죽겠네." 혼잣말로 중얼거리며 자리에서 일어났다. 행주를 손에 쥐더니 싱크대와 가스레인지의 옆면을 벅벅 문질러 닦았다. "참, 그런데." 무슨 생각이 들었는지 뒤돌아서며 물었다. "걔가 다른 말은 안 했어?"

"무슨."

"번호 여섯 개를 불러줬다거나."

나는 젓가락을 탁 소리 나게 내려놓았다. 어우, 저놈의 성질머리, 생활비 하나 못 보태주면서, 아빠 병원비 빤히 알면서, 좀 참지, 애초에 퍼레이드 같은 데는 뭐하러 나가, 쫓겨날 구실을 왜 만들어, 같은 말이 뒤통수에 날아와 꽂히는 와중에도 내 방으로 향했다. 문을 걸어 잠갔고, 책상 앞에 앉아 한동안 숨을 골랐다.

노트를 펼쳐 지금 내 안에서 일렁이는 감정을 가능한 한 정확하게 적어보려고 노력했다. 그렇지만 백지 위에 남은 것이라고는 돈, 씨발 돈, 염병할 돈, 돈 같은 단어뿐이었다. 나는 노트 위에 엎드려 눈을 감아버렸다.

그렇게 얼마나 지났을까.

창 너머로 조금씩 거세지는 빗소리가 들려왔다. 정신을 차린 나는 상체를 일으켜 앉았고 잠에서 깨기 위해 두 손으로 눈두덩을 문질렀다. 뜨거워지도록 문질렀고 인기척에 문득 고개를 돌렸을 때는 너와 눈이 마주쳤다. 하마터면 나는 의자 밖으로 넘어질 뻔했다. 너는 책상에 비스듬히 기대서서 노트를 내려다보고 있었다.

"우냐." 너는 놀리듯이 말했다. "울면 뭐 하냐. 너만 손해지."

우리는 침대와 책상 사이의 바닥에 마주 보고 앉았다. 너는 침대 모서리에, 나는 책상 서랍에 등을 대는 자세였다. 폭이 좁은 공간이어서 너의 무릎과 나의 무릎이 닿을락 말락 했다. 그러고 있으니 우리가 한방에 함께 있는 게 얼마 만인가 싶었다.

"어떻게 들어온 거야?"

"글쎄." 너는 고개를 갸웃했다. "그냥 현관문 열고 들어왔는데."

"장난치지 말고."

"진짜야. 오랜만에 어머니한테 인사도 드렸어."

나는 눈을 가늘게 뜬 채 자리에서 일어났다. 방문을 열어보니 엄마는 거실 소파에 눕다시피 앉아 휴대전화로 유튜브를 시청하고 있었다. 나른한 얼굴로 접시에 깎아놓은 복숭아를 포크로 찍어 먹고 있었다.

"엄마."

내 부름에 엄마는 고개를 들더니 머쓱하게 웃었다. "안 그래도 갖다주려고 했어."

"그게 아니라, 방금 영이 봤어?"

"누구?"

"이유영 봤냐고."

엄마는 나를 물끄러미 쳐다보다가 느릿느릿 몸을 일으켜 앉았다. "봤지, 언제야 그게." 왼손으로 목덜미를 주무르면서 말했다. "일요일이었나. 폭설이 쏟아져서 등산 약속이 취소된 날이었지. 집에 와봤더니 너희 둘이 홀딱 벗고……."

나는 문을 쾅 닫고 방으로 들어왔다. 침대에 드러누워 하품을 깨물고 있던 너에게 달려들었다. "뒤질래, 진짜."

"죽여." 너는 어깨까지 들썩여가며 웃었다. "할 수 있으면 해봐."

나는 어이가 없어서 낄낄거리는 네 모습을 내려다보기만 했다. 어쩐지 웃는 게 웃는 것 같지 않아 가슴 한편이 저릿했다. "정말로 죽고 싶은 거야?"

"그런가. 죽고 싶나."

"왜 그러는데."

"몰라."

"왜 몰라."

"너는 알아?"

나는 대답하지 못했다. 그러게. 내가 뭘 알까. 나는 죽음에 관해 아는 것이 하나도 없었다. 네가 어떤 일을 당해 목숨을 잃었는지도 몰랐으니까. 듣기로 너는 나와 헤어지고 몇 달 후 세상을 떠났다. 우리는 고등학교 동창이긴 했으나 한 번도 같은 반이었던 적이 없어서―졸업 후 종로 술 번개에서 만나 사귀게 되었다―너의 부고는 소문처럼 들려왔다. 자살이래. 나는 믿지 않았다. 혼동이 있었거나 고약한 농담이라 여기고 들은 척도 하지 않았다. 교통사고라던데. 아니야, 시위하다가 옥상에서 떨어졌다고. 공사장에서 일하다가 머리 깨졌다는 애가 걔 아니야? 어느 것 하나 믿을 수 없었다. 스물넷. 그때 나는 나와 같은 나이의 사람이 죽을 수도 있다는 생각을 한 번도 해본 적이 없었다. 상상조차 한 적 없었고…… 그럼에도 동기 중에 누군가가 명을 달리했다는 소식은 그 이후에도 잊을 만하면 한 번씩 들려왔다. 이름과 생김새는 알지만 대화 한번 나눠본 적 없는 이들의 죽음을—그렇지만 한때 나와 같은 공간에서 같은 시절을 보낸 이들의 죽음을—대체 어떤 식으로 받아들여야 할지 나는 누구에게도 물어볼 수 없었다.

그 시기에 나는 너를 찾아가볼 생각도 하지 않았다. 입대 후 처음으로 휴가를 나와서 부고를 접했을 때, 너의 죽음에 관한 실상을 제대로 알아볼 엄두조차 내지 못했다. 나 자신을 추스르기도 버거웠으니까. 어쩌면 미지의 영역에 너를 남겨두고 싶었는지도 몰랐다. 외면하는 방식으로 애도를 유예하고 싶었는지도. 네가 죽었건 죽지 않았건 어차피 우리는 헤어진 사이니까. 이별한 사람들에게 상대방은 이 세상에 없는 존재나 마찬가지니까. 그래, 그런 정도로 남겨두자. 나는 어떤 선 바깥에 너를 내버려두는 방식으로 너를 간직하고 싶었는지도 몰랐다.

그 밤 나는 너에게 마지막 순간을 기억하느냐고 물었다. 어디에서 어떤 일로 목숨을 잃게 되었는지, 누구와 함께였으며 무엇을 하던 중이었는지 기억하느냐고 물었다. 너는 생각해보는 듯하더니 글쎄, 그런 장면은 머릿속에 남아 있지 않다고 했다. 다 지난 일이기도 하고, 실은 별로 떠올리고 싶지도 않다고. 그러더니 얼마 동안 머뭇거리다가 입을 열었다. 그냥 평소처럼 지하철역을 향해 걷고 있었는데, 계단을 내려가 복도를 걷고 있었는데, 어느 순간 눈을 감았다가 떠보니 이렇다 할 속도감이 없었고, 주위가 깜깜해서, 그 상태로 걷다가, 걷고, 한참을 걷기만 하다가, 그만 앉고 싶다, 앉아서 쉬고 싶어, 쉴까, 이대로, 하던 찰나에 저만치 떨어진 곳에서 나를 발견했다고 했다. 주홍빛 조명 아래에서 혼자 책을 읽고 있었다고. 실실 웃더라. 그래서 잠간 들렸다고 했다. 남은 힘을 다해 내게로 걸어왔다고 했다. 혼자서 뭐가 그리 즐거운지 궁금했다고.

"보여줘."

너는 의자 등받이에 걸어놓은 백팩을 가리키며 말했다. "그때 뭐 읽고 있었어?"

나는 내가 웃었을 리 없다고 생각하면서 백팩을 끄집어 내렸다. 지퍼를 연 다음 안쪽으로 오른손을 집어넣었다. 집게손가락 끝에 책의 뾰족한 모서리가 닿았다. 하지만 나는 꺼끌꺼끌한 겉면을 어루만지기만 했을 뿐, 그걸 꺼내서 보여주지는 않았다. 왠지 책의 제목을 확인하는 순간 네가 사라져버릴 것만 같아서. 아, 그거였구나. 알았다. 이제 알았어. 혼자 기뻐하는 얼굴로 성불해버릴 것만 같아서.

"다음에."

나는 지퍼를 도로 끌어 올렸다. "지금 말고 다음에 보여줄게." 끝까지 잠근 다음 백팩을 책상 아래쪽으로 밀어놓았다. 너는 내 얼굴을 멀뚱히 바라보다가 짧게 숨을 몰아쉬었다. 자리에서 일어나 방 안을 한 바퀴 둘러보았다. "그때 사 준 곰 인형 아직도 갖고 있었네."

"이 사진 찍었을 때가 언제지. 진짜 더웠는데.""베개 커버는 왜 바꾸지를 않는 거야." 너는 그런 말을 두서없이 늘어놓다가 손바닥으로 창틀을 쓱 문질렀다. "여전하구만." 희부옇게 묻어난 먼지를 내 얼굴 쪽으로 후 불어 날렸다. "청소 좀 하고 살아라."

나는 손사래를 치며 콜록거렸다. "너 가만있어." 주위를 두리번거리다가 침대 아래의 먼지를 두 손으로 긁어모았다. 단숨에 한 주먹 가까이 모을 수 있었다.

반격하려고 일어서보니 너는 사라지고 없었다.

*

다시는 나타나지 않았다.

*

내 생애 가장 긴 주말이었다. 네가 나타나지 않는 동안에도 나는 무교동 스타벅스에 출근 도장을 찍었다. 늘 앉던 창가 자리에 앉아서 책을 읽는 척했다. 그때까지도 태풍이 몰고 온 비는 그치지 않아서 종일 사위가 어둑했다. 나는 어쩐지 밤마다 저수지에 찾아가 허탕을 치는 낚시꾼이 된 기분이었다. 한번은 네가 나타났던 날과 동일한 상황을 연출하기도 했다. 캐모마일 티를 반쯤 남긴 채 식어가도록 두었고, 당시의 책 페이지를 펼쳐놓은 채 꾸벅꾸벅 졸기까지 했다. 그러나 인기척에 퍼뜩 정신을 차렸을 때 애먼 남자들과 눈 마주치는 일만 반복했다.

지난한 기다림에 지쳐갈 무렵, 책을 덮고 노트를 꺼내 펼쳤다. 오른손으로 볼펜을 쥔 채 지금의 내 마음을 일부라도 적어보려고 노력했다. 그런데 잉크가 도중에 말라붙어 한 문장도 제대로 쓸 수 없었다. 나는 필통을 뒤져 다른 펜을 꺼내 쥐었고 조금 전까지 적으려던 문장을 이어 쓰려고 노력했다. 그런데 가느다란 갈색 선이 얼마간 이어지다가 뚝 끊어졌다. 붉은색 제트스트림은 나올 듯 나오지 않다가 시커먼 잉크를 왈칵 토해내고는 멎어버렸다. 그 탓에 나는 필통 안의 펜들을 모조리 꺼내 하나씩 사용해보면서—형광펜과 사인펜까지 합하니 열댓 개였다—아직 쓸 수 있는 것과 더는 쓸 수 없는 것을 분류하기 시작했다. 뭐랄까. 살아남은 펜은 노트 왼쪽에, 죽어버린 펜은 오른쪽에 두었다. 나누고 보니 과반이 오른쪽에 놓여 있었다. 그중에는 문구점에서 구매할 때를 제외하고 한 번도 사용하지 않은 펜도 있었다. 나는 혼자서 조용히 응고되어갔을 잉크에 대해 생각했다. 언제 불려 나갈지 몰라 어두컴컴한 필통 안에서 내내 준비하는 자세로 기다리다가, 기다리기만 하다가, 그대로 딱딱하게 굳어버렸을 푸른색과 미색, 살굿빛, 연녹색의 엉김과 뭉침을 막연히 머릿속에 그려보았다. 색색의 가능성이 돌이킬 수 없을 지경으로 말라붙어가는 동안 나는 무엇을 하고 있었나. 왜 한번 꺼내 써볼 생각조차 하지 않았나. 그러니 이 모양 이 꼴이 되었지. 뭐 그런 자책을 하고 있었는데……

"뭐 하냐."

귀에 익은 목소리에 뒤돌아보니 네가 서 있었다. 순간 나는 울음이 나올 뻔했는데, 어금니를 꽉 깨무는 것으로 참아낼 수 있었다.

"왜 이러는 거야." 나는 간신히 말문을 열었다. "나한테 왜 이러냐고."

"뭐가." 너는 영문을 모르겠다는 듯 눈만 끔벅거렸다. "내가 뭘 어쨌는데."

나는 손으로 이마를 짚은 채 한동안 눈을 감고 있었다. 숨을 크게 들이쉬고 뱉어낸 다음 바로 옆 의자를 탁탁 내리치며 말했다. "됐고, 여기 좀 앉아봐."

"아, 그게." 그런데 네가 아랫입술을 핥으며 쭈뼛거렸다. "시간이 좀 애매해서. 금방 가봐야 해."

"어디 가는데."

너는 대꾸하지 않은 채 시선을 바닥으로 늘어뜨렸다.

"언제 오는데."

상체를 앞뒤로 흔들면서 볼만 긁적였다. 나는 더 이상 질문을 할 수 없었다. 내가 원하는 대답을 듣지 못하리라는 예감이 목구멍까지 차오른 탓이었다.

"케이크 사 줄까." 나는 가까스로 한 번 더 물었다.

그러자 너는 조그맣게 웃었고, 유리 벽 너머에서는 빗줄기가 쏟아져 내리기 시작했다. 소낙비가 성난 기세로 퍼붓다시피 했다. 갑작스러운 폭우에 노란색 레인코트를 입고 한 줄로 걸어가던 아이들의 짧은 비명

소리가 들려왔다. 카페 점원이 문가로 나가 배수로의 상태를 살폈다. 바닥에서 튀어 오른 물방울들은 유리 벽 곳곳으로 날아와 맺혔다. 수십 개의 물방울에는 아주 조그마한 너와 나의 모습이 담겨 있었다. 우리는 그 안에 함께 있었고, 빛이 머무는 각도에 따라 다양한 색채로 반짝거렸다.

"있잖아." 그때 네가 내 옆으로 다가서며 말했다. "장마는 이걸로 끝이야."

"끝이야?"

"끝이야."

나는 대꾸할 말이 떠오르지 않아 창밖만 내다보았다. 도무지 그칠 것 같지 않은 빗소리에 귀를 기울였다.

"이 비가 멎으면." 너는 차분한 어조로 말을 이었다. "네가 앉은 자리에서 저기, 저 건널목의 빌딩 위로 무지개가 뜰 거야." 손가락을 뻗어 공중의 한 지점을 가리켜 보였다. "저기에서 종각으로, 종묘인가, 아무튼 서쪽으로 길게 이어져 내릴 거야." 그러면서 너는 내 어깨에 손을 얹었다. "그 끝에 한번 가봐."

나는 너를 쳐다보지 않은 채 물었다. "가면 뭐가 있는데."

"아무것도." 너는 싱겁게 웃는 목소리로 말했다. "그 러니까 꼭 가봐."

*

네가 사라지고 나서도 한참 동안 나는 그 자리에 앉아 있었다. 네가 말해준 것과 다르게 장마는 그 이후에도 사흘 넘도록 이어졌다. 69년 만의 장마라고 했다. 나는 네가 남긴 말을 확인하기 위해, 따르기 위해 매일같이 그 자리에 앉아 있었다. 그해 태풍 유유는 한반도에서 보름 가까이 머물다가 전라남도 진도 앞바다에 이르러 소멸했다. 마침내 빗줄기가 그치던 날, 늦여름의 장마가 물러나고 너르게 퍼져 있던 암운 사이로 맑은 햇살이 내리비추던 날, 나는 해가 저물고 초승달이 나타날 때까지 그 자리에서 꼼짝 않고 앉아 있었으나 건널목의 빌딩 위로 떠오른 무지개를 보지 못했다. 다음 날에도, 그다음 날에도 보지 못했다. 며칠 후 나는 테이블에 펼쳐놓기만 하고 한 줄도 읽어 내려가지 못하던 책을 그대로 자리에 남겨둔 채 카페를 빠져

나왔다. 다시는 그곳으로 돌아가지 않았다.

*

그 일이 있고 나서 종종 의문에 휩싸이곤 했다.
내가 정말로 너를 만나기나 했던 것인지.

*

요즘 나는 새로운 회사에 다니고 있다. 별 같지도 않은 이유로 쫓겨난 나를 안타깝게 여기던 전 직장 동료가 소개해준 곳으로―여기서는 걸리지 마―급히 서류를 제출하고 면접까지 보게 됐는데, 운이 좋은 건지 뭔지 바로 다음 주부터 출근해줬으면 한다는 말을 들었다. 인수인계도 없이 퇴사해버린 전임자의 뒤처리를 하느라 몇 달을 고생했으나 버틸 만해서 버텼고, 무뎌진 건지 괜찮아진 건지 지금까지도 그 회사에 다니고 있다. 부장이 다음 달에 팀 인원을 늘려주겠다고 하는데, 이제 내게도 후배가 생길 예정이라고 하는데 그게 어떤 것인지 지금으로서는 잘 모르겠다. 그때 가봐야 알 것 같고…… 내가 누군가를 책임지고 올바르게 이끌어 줄 수 있는 사람인지, 그럴 자격이나 있는지 모르겠다.

그러고 보니 다시 출근을 시작하던 날 아침에도 비가 내렸던 것 같다. 그날 나는 휴대전화 알람이 울리기도 전에 침대에서 몸을 일으켰다. 혼자서 아침을 차려 먹었고, 나갈 준비를 마친 뒤에는 신발장에서 투명한 비닐우산을 집어 들었다. 시간이 넉넉해서 마을버스를 타는 대신 지하철역까지 걸어갔던 기억이 난다. 그날 살갗을 스치던 바람은 서늘한 듯 시원했고, 비에 젖은 화단에서는 로즈메리 향기가 진하게 풍겨 나왔다.

역에서 환승 통로를 지나 에스컬레이터를 타러 가는 길에는 양말을 세 켤레 샀다. 검은색과 빨간색 수성 펜으로 큼지막하게 '폐업'이라고 적힌 A4 용지가 한쪽 벽에 빼곡히 붙은 매장에서였다. 그곳의 주인으로 보이는 등산복 차림의 아주머니와 아저씨는 발목 양말과 스타킹을 200원, 500원에 팔아야 하는 상황인데도 도무지 슬퍼 보이지 않았다. 두 사람은 실실 웃으면서 폐업입니다, 폐업, 망했어, 사장님이 완전 미쳤어요, 내일

이사 갑니다, 사람 살려, 같은 말을 우스갯소리처럼 떠들었다. 머리 위로 손뼉을 치고 어깨춤까지 춰가면서 사람들을 끌어모았다. 무표정하게 걸어가던 승객들은 발목 양말이 200원, 스타킹이 500원이라는 말에 멈춰 섰고 근처를 기웃거렸다. 하나둘씩 바닥에 쪼그려 앉아 산더미처럼 쌓인 물건들을 뒤적거렸다. 나 역시 그들을 비집고 앉아 물건들을 살펴보았다. 회색 양말을 세 켤레 고른 뒤 아주머니에게 돈을 내밀었다.

"다섯 개." 그는 리드미컬한 어조로 권했다. "다섯 개 사면 딱 천 원인데."

"그렇게 많이 필요하진 않아서요."

"다섯 개 사면 하나 더 주는데."

나는 대꾸하지 않고 세 켤레 값만 치른 뒤 그곳을 빠져나왔다. 에스컬레이터를 타고 지상으로 향하는 중에야 뒤를 돌아보았다. 이게 뭐라고. 나는 어째서 두 개를 더 사지 않는 사람일까 생각했다. 폐업이라는데. 망했다는데. 완전 미쳤다는데. 나는 그런 이들에게 고작 몇백 원을 더 주는 것이 아까워서, 서랍에 똑같은 색깔의 양말이 남아도는 것이 꼴 보기 싫어서, 운 좋게 다시 출근하게 된 날 아침에도 왜 이렇게까지……

너는 너만 알지. 나는 나만 알고.

목적지에 도착해서는 출구를 빠져나와 우산을 쓰고 걸었다. 나는 비닐을 통통 두드리는 빗소리를 들으며 인적이 드문 골목길을 지나갔다. 그러다가 맞은편에서 검은색 장우산을 눌러쓴 남자가 나타났을 때 불현듯이 생각했다. 어디에 있을까. 그가 모퉁이를 돌아 사라지고 나서도 생각했다. 다시 돌아올까.

빗발은 여려지는 듯 거세지기를 반복했다. 처마 밑에 쪼그려 앉아 담배를 피우던 여자가 비를 가늠해보려 희고 여윈 손을 뻗는 모습이 보였다. 습기 찬 공기 속에는 희미한 풀 냄새가 감돌았다. 나는 교차로 횡단보도 앞에 이르러 통행 신호가 떨어지기를 기다렸다. 우두커니 건너편을 바라보다가 우산 끝에 맺힌 빗방울에 시선이 머물렀다. 물방울은 서서히 몸집을 부풀리다가 예기치 않은 순간에 툭 하고 떨어져 내렸다. 가장 크고 분명해졌을 때, 미련 없이 그랬다.

그날 나는 손을 뻗어 낙하하는 빗방울을 쥐어보려고 했다. 추락의 궤적을 자꾸만 낚아채려고 했다. 몇 번의 시도 끝에 손아귀에서 맑고 차가운 액체의 감촉을 느낄 수 있었다. 나는 그것을 놓치지 않기 위해 꽉 움켜쥐었다. 쥔 채로 입술 가까이 가져왔을 때에야 내가 가질 수 없다는 걸 알았다.

©박선우

이 소설의 초고를 쓰고 나서 런던에 일주일 넘게 여행을
다녀왔다. 이제 와서 생각해보면 거길 대체 왜 간 거지 싶은
데 열세 시간 비행과 은근한 인종차별과 시차 적응에 만사
가 피로하긴 했으나 낯설고 아름다운 풍경을 두루 보긴 한
것 같아서 후회하지는 않는다. 후회하지는 않는데…… 자

꾸만 거길 왜 간 거지 싶은 마음이 드는 건 어쩔 수 없다. 어쩔 수 없는 여행이었다고 생각한다.

다녀와서는 e나라도움 홈페이지에서 국가보조금 정산을 마쳐야 했고, 가정 내 대소사와 밀린 회사 업무를 봐야 했으며, 이 소설의 퇴고도 거듭해야 했기에 대상포진에 걸리고 말았다. 들어보니 대상포진은 어릴 때 수두에 걸린 적 있으면 그 바이러스가 체내에 남아 있다가 숙주의 면역력이 떨어졌을 때 다시 활성화되어 나타나는 질환이라고 했다. 한마디로 재발이라는 건데…… 나는 내가 수두를 앓았던 적이 있음을 그때 처음 알았다. 내 몸에 그런 것이 있는 줄 모르고 살았고, 그것이 호시탐탐 기회를 엿보고 있었으리라 상상하면 어째 모골이 송연한데, 생각할수록 뭐 그러지 않은 것이 있을까 싶기도 했다. 그러니까 삶의 모든 요소가 내 주변에―혹은 내 안에―잠재되어 있으며 그것들이 언제든 튀어나와도 놀라울 건 없다는 생각.

그렇지만 놀라지 않을 수 있나.

놀라도 별수 없고 말이다. 어차피 나는 놀이공원 유령의 집에 온갖 귀신이 있다는 걸 알면서도 언제나 입장과 동시에 소리를 질러대고 아, 이래서 내가 안 온댔잖아, 죽을래

진짜, 화를 내고 그러지만 고래고래 아우성을 치다 보면 왠지 가슴이 후련해져서 나중에는 그 감각만을 떠올리며 다시금 그곳을 찾는 사람이니까. 내가 얼마나 힘들었는지, 엉덩방아를 찧었는지, 친구를 원망했는지 따위 까맣게 잊어버린 채 그 어두컴컴한 장소에 다시금 머리를 들이미는 사람이니까.

누군가를 사랑하는 일도 이와 비슷하다는 생각이 든다.

알면서도 속고 기뻐하며 실망하다가 모든 것이 끝나고 혼자 남게 되면 그동안 내가 얼마나 괴로웠는지, 서글펐는지 따위 까맣게 잊어버린 채 밤하늘의 보름달을 올려다보며 아, 다음에는 정말이지 후회하지 않을 사랑을 하고 싶습니다, 달님, 하고 빌게 되니까.

달님은 백 번쯤 빌면 한 번쯤 소원을 이뤄주는 것 같다.

체감상 그렇고, 그래서 나는 늦은 밤 집으로 돌아가는 길에 번번이 하늘을 올려다보며 달을 찾고 소원을 빌게 된다. 사랑을, 위안을, 아무도 상처받지 않기를…… 가끔은 오롯이 나만, 나만 성공하게 해주세요, 하고 빌다가 아니지, 그냥 다들 잘되게 해주세요, 다 같이 잘 먹고 잘 살게 해주세요, 하고 빌다가 아니지, 그냥 다들 건강하게 해주세요, 하고 빌게 된다. 나는 요즘 유난히 건강에 집착하는 사람이 되었는데, 이것은 건강을 잃어본 사람만이 공감할 수 있을 것이며, 나는 당신이 나에게 공감하지 않기를 바란다. 그런데 만약 당신이 내게 공감할 수밖에 없다면…… 나는 당신이 좀 더 편안하게 지내기를 바란다. 가끔은 해야 할 일을 내려놓을 줄도 알고, 세상에는 반드시 잘 지내야 하는 관계가 없다는 것도 알고, 몸에 좋은 걸 찾아 먹을 줄도 알고, 울고 싶을 때 울기를 바란다. 부디 사랑하고 있을 때 사랑한다고 말할 수 있기를 바란다.

그래서였나.

얼마 전에는 애인에게 밑도 끝도 없이 사랑한다고 메시지를 보냈다. 애인은 웃었고, 평소에 맥락 없이 그런 고백을 잘하는 건 그였기에 나는 금세 사랑한다는 답신을 돌려받을 수 있었다. 그럴 때마다 그가 나를 변화시키고 있다는 기분이 든다. 내가 조금은 다른 사람이 될 수 있으리라는 예감이 든다. 나는 지금껏 내가 아닌 존재가 되고 싶다는 바람으로 소설을 써왔는데 실제로 나를 변화시키는 건 이렇듯 곁의 소중한 사람들, 내가 잃어버리고 싶지 않은 사람들이라고 생각한다.

그렇지만 언젠가는 모두를 잃게 되겠지.

그럼 나는 아무것도 쓰지 못할 것이다.

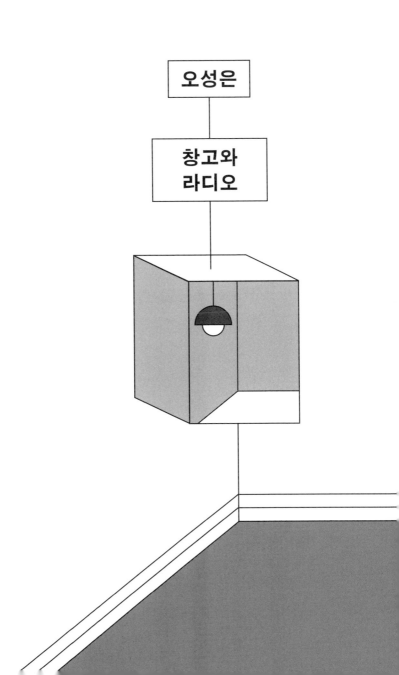

오성은

창고와
라디오

소설가, 뮤지션.

나에게 당신은 음표입니다. 오직 음표만이 선과 선을

연결합니다.

그날 아침 아내는 창고가 되겠다고 말했다. 아내는 싱크대와 냉장고 사이에 드러난 좁은 벽을 바라보며 서 있었다. 표정이나 숨소리는 차분해 보였다. 나는 아내의 말에 대꾸하지 않았다. 아내는 밀크셰이크로 아침 식사를 해결한 듯 보였다. 나는 물을 한 잔 마시고 어젯밤에 만들어둔 카레를 데워 밥을 비볐다. 카레를 숟가락으로 저으니 가라앉아 있던 당근이 올라왔다. 내가 한술 떠먹기 시작하자 아내는 뒤돌아서서 말했다.

"창고에는 우선 눈, 코, 입이 없어야 해요. 귀만 있어도 충분할 것 같아요."

푹 익은 당근이 입안에서 물컹하게 으깨졌다. 등굣길의 한 중학생이 뉴스 인터뷰를 하는 중에 무심코 했던 말이 유행처럼 퍼지게 된 모양이었다. 차라리 가방이 되겠다던 그 학생의 인터뷰 내용은 태그를 달고 각 세대를 통과하며 번져나갔다. 사람들은 자신만의 사물을 찍은 사진과 함께 그것이 되겠다는 내용의 글을 게시하기 시작했다. 내가 속한 라디오 팀에서도 새로운 코너로 언급이 될 정도였지만 유달리 관심이 가는 현상은 아니었다. 무엇이 되겠다는 건 문법에 맞지 않는 인터넷 용어일 뿐이었다. 아내가 그런 유행을 따라 한다는 사실이 새삼스러웠다. 그렇다 해도 하필이면 창고라니. 창고란 쓸모가 뻔한 저장 장소이지 않은가. 더구나 나란히 붙은 두 개의 방, 환풍기 소리가 요란한 욕실, 주방과 경계 없는 거실, 세탁기가 놓인 베란다 어디에도 창고 같은 걸 염두에 둘 만한 공간은 없었다. 등산용 가방은 돌돌 말아 장롱 위에 뒀고, 선풍기는 팬과 몸통을 분리하여 행거 아래에 밀어 넣은 채였다. 휴지는 화장실 수납 칸에 들어갈 만큼만 샀고, 분리수거는 베란다 한쪽에서 철저하게 하고 있었다. 나는 수납장을 뜻하는 거냐며 농담조로 물었다. 하지만 아내는 창고라고 힘주어 말했다.

아내는 9년 동안 매일 같은 시간에 출근해 작고 단단한 인공치아를 만들었다. 하루에 열 개 정도의 치아를 작업한다고 했다. 컨디션이 좋건 나쁘건 개의치 않고 주문이 들어온 순서대로 디자인 공정을 한 뒤 기계에 구워내는 일이었다. 아내는 대수롭지 않게 말했지만 좀처럼 쉬운 일이 아니라는 건 예전보다 불거진 손가락 관절만 봐도 알 수 있었다. 아내는 내게 자신이 만든 치아 사진을 보여주기도 했다.

"치아를 보면 그 사람이 선호하는 음식이나 양치 습관도 보여요."

과연 그럴까 싶었지만 나는 고개를 끄덕였다.

"내 이는 어때요?"

왼쪽 아랫잇몸에 나란히 박힌 두 개의 금니는 아내의 작품이었다.

"고기를 먹고 나면 습관처럼 이쑤시개를 쓰지만 잇몸만 찌를 뿐 찌꺼기는 박혀서 잘 니오지 않을 때가 많아요. 왼손으로 칫솔질을 하네요. 손에 지나치게 힘이 들어가서 잘 닦이지 않은 부위도 다 닦았다고 생각하고 양치를 마치는 경우가 허다해요."

아내는 치아들이 얼핏 비슷해 보여도 각기 다른 형태를 지녔다고 덧붙였다.

"지문 같은 것일까요."

내 말에 아내는 싱긋 웃으며 답했다.

"내 아이들은 결코 닮지 않아요."

나는 아내의 말에 동의할 수 없었다. 치아도 모조품

도 닳기 마련이었다. 이 세상에 닳지 않는 것이라곤 없다는 자명한 이치만이 닳지 않을 것이다. 그렇다고 닳는 게 꼭 나쁘다는 말은 아니지만.

언젠가 아내는 스스로 잇몸에서 빠져나온 치아들이 내장 기관을 헤집고선 연약한 항문을 통과해 탈출하는 꿈을 꾸었다고 말했다. 아내는 누구의 시점으로 험난한 여정에 합류하게 된 걸까. 용맹한 치아들은 왜 쉽고 빠른 출구인 구강으로 나가지 않았던 걸까. 몇 가지 의문이 들었지만 딱히 입 밖으로 내지는 않았다.

아내는 종종 식사를 대신해 밀크셰이크를 마셨다. 다이어트를 하는 건 아니었고 단 음식을 선호하지도 않았는데 유독 밀크셰이크는 좋아했다. 아내가 유일하게 즐겨 먹는 것이어서 나는 퇴근길에 전철역 앞 커피숍에 들르는 날이 많았다.

그날도 밀크셰이크를 사 들고 집으로 갔다. 아내는 베란다에 쭈그려 앉아 창문을 골똘히 바라보고 있었다. 가까이 가보니 어디서 구해온 건지 청진기의 헤드셋을 귀에 낀 채였다.

"거기서 뭐 해요?"

그제야 아내는 창문에서 떨어졌다.

"뭐 하냐고요?"

내가 조금 더 크게 묻자 아내는 엉거주춤하게 오른손에 쥔 청진판을 내밀었다.

"소리를 듣고 있었어요."

말문이 막혀서 정작 무슨 소리를 듣고 있는지 묻지 못했다. 걱정보다는 짜증이 섞여 나왔다.

"그런다고 들려요?"

갑자기 아내가 화들짝 놀라며 청진판을 창문에 갖다 붙였다. 예상치 못한 반응이었다. 아내는 내 말을 듣고 있는 것 같지 않았다. 그저 환자의 심장박동을 확인하는 의사처럼 진중한 표정으로 한참 동안 창문을 더듬거렸다. 나는 식탁에 놓아둔 음료를 가지고 와서 아내에게 건넸다. 밀크셰이크를 본 아내는 온몸을 움츠린 채 빨대를 덥석 물었다. 그러곤 외따로이 떨어진 섬처럼 베란다에 가만히 앉아 밀크셰이크를 빨아들였다.

며칠 후 아내는 만취한 채로 귀가했다. 이따금 맥주를 한두 잔 마시기는 했어도 인사불성이 된 적은 없었다. 아내는 욕실에서 한 시간이 넘도록 나오지 않았다. 문 앞에 서서 노크를 하고, 생수를 놓아두고, 깨끗한 속옷도 가져다주었지만 아내는 욕실 문을 열어주지 않았다. 구토 소리가 한동안 이어졌다. 나는 끓어오르는 속을 가라앉히며 점잖은 척 식탁에 앉아 원고를 마무리하려 애썼다. 그러다가도 자꾸만 욕실에 눈길을 주게 되었다.

"이렇게 걱정을 시켜야 직성이 풀리겠어요?"

나는 화난 척 말했다. 여전히 문은 굳게 닫혀 있었다. 열려 있다 한들 아내는 내 말을 알아듣지 못했을 것이었다. 한참이 지나서야 물줄기 소리가 들려와 보일러를 켜주었다. 몇 시간이나 정체된 원고가 그제야 눈에 들어오기 시작했다. 오프닝은 2회 차를 동시에 쓰는 게 편했다. 월요일과 수요일, 화요일과 금요일, 목요일과 토요일. 일요일의 녹음 원고는 오고 가는 전철 안에서 썼다. 아내가 욕실에서 나온 후에는 방으로 들어갔다. 좁은 거실에서 동선이 겹치면 서로에게 눈치만 보일 뿐이었다. 방문 틈으로 아내가 무엇을 하는지 볼 수 있었다. 아내는 주방으로 가서 쌀을 씻기 시작하더니 쌀뜨물을 유리컵에 따라 마셨다. 싱크대와 냉장고 사이에 드러난 좁은 벽을 바라보며 꿀꺽꿀꺽. 세 잔을 연거푸 마시고 나서 아내는 다시 욕실로 들어갔다.

눈을 뜬 것은 새벽이었다. 아내는 소파에 곤히 잠들어 있었다. 이불을 가지런하게 덮고 있어서인지 내가 무언가를 해줄 수는 없어 보였다. 그대로 안아 들고 침대로 옮겨주고 싶기도 했지만 그러지 않았다. 나는 무언가를 하려다 만 적이 많았는데 대부분 그게 나은 경우가 많았다. 대신 시도하려던 것들을 원고로 썼다. 그래서인지 내 글에는 반성이나 후회가 없었고, 정취자는 그 자체를 제법 즐기는 것 같았다.

"배 작가는 아내를 팔로잉합니까?"

강이 내게 물은 건 오프닝 곡이 흐를 때였다. 나는 청취자들이 보낸 문자메시지에 정신이 팔려서 강의 말을 흘려들었다. 그날 내가 쓴 오프닝 멘트는 케빈 베이컨 법칙에 관한 내용이었다. 청취자의 반응은 나쁘지 않았다. 서로 모르는 사람들이라도 몇 다리만 걸치면 모두 연결된다는 것이 요지였다. 몇몇 기업이 영리하게도 이 법칙을 이용하여 욕망의 울타리를 만들었다. 나는 다소 부정적인 측면을 드러냈지만 강은 타인으로 채울 수 없는 외로움을 부각했다. 아내의 얼굴이 떠올랐다. 간밤에 괴로운 듯이 쌀뜨물을 마시는 모습을 보아서인지 강의 해석이 나를 향하는 것만 같았다. 아내는 SNS를 하지 않았다. 적어도 내가 알기로는 그랬다. 남몰래 비밀 계정을 만들어 활약을 펼치고 있는지도 모르지만 그건 내겐 하지 않는 것이나 마찬가지였다. 나는 강에게 긍정인지 부정인지 나조차도 알기 어려운 미소를 내보였다. 온에어에 불이 들어오자 강은 평소와 다름없이 낭랑한 목소리로 방송을 진행해나갔다.

디제이인 강은 나와 중학교 동창이었다. 그는 한때 방송국의 간판급 아나운서가 될 뻔했지만 잦은 염문설로 곤욕을 치렀고 이혼이 가시화된 이후로는 지방으로 옮겨와 라디오를 진행했다. 위자료 때문인지 원룸에서 러닝머신과 침대만 둔 채로 근근 2년을 버티고 있었다. 도회적인 외모나 시니컬한 말투와는 달리 뒤로는 주변 사람을 살뜰히 챙겨 후배들에게 인기가 높았다. 그가 불러내면 누구든 흔쾌히 응할 터였다. 그런데도 그는 틈만 나면 나에게 술 한잔하자고 전화를 걸어왔다. 우리는 사석에서 만나면 방송에 관한 말은 일절 하지 않았다. 마흔 줄에 접어든 두 남자의 나른한 일상에 대한 읊조림과 협소하게 편집된 과거의 풍경이 허공에 뜬 채로 머물다 사라지곤 했다.

간혹 강은 뜬금없이 내게 '들었어?'라고 물어보곤 했다. 자주는 아니지만 분명한 주기가 있었다. 사람들로 북적이는 카페나 술집에서 그런 순간이 찾아오면 눈썹이나 이마의 주름을 이용해 신호를 보내기도 했다. 어떤 소리냐고 물으면 누군가 자신의 이름을 불렀다며 겁에 질린 표정을 지었다. 한번은 대형 스크린이 설치된 펍에서 전처가 자신을 불렀다며 소스라치게 놀라기도 했다. 사람들은 축구 경기의 응원에 정신이 팔려 있었고, 나는 마른오징어를 씹고 있었다. 한국 선수가 골을 넣었을 때도 그는 두리번거리며 자신을 부른 목소리를 찾아내려 했다. 하지만 그곳에는 그를 부를 만한 사람이 없었다. 그가 꽤 오랫동안 정신과 치료를 받고 있다는 사실은 가까운 지인들만 아는 공공연한 비밀이었다. 그는 어느 순간부터 모서리가 보이는 실내에 홀로 남게 되면 환청이 들려온다는 사실을 받아들였다. 병원에서 처방을 받은 이후로는 증상도 호전되었다. 하지만 완쾌된 것은 아니었다. 그는 어느 밤이고 환청을 지워줄 사람을 찾아 이리저리 전화를 걸었다. 그와 함께 있는 동안 느낀 것들이 주로 다음 원고의 주제가 되었다. 강은 그 원고를 자신의 돌연한 생각인 양 읽어나갔다. 그가 나의 대변인인지, 내가 그의 내면인지 알 수 없었지만 아무래도 상관없었다.

사연을 보낸 청취자는 자신은 소화전이, 아내는 비상구 유도등이 되기로 했다고 밝혔다. 실제로 소방관이기도 한 청취자는 부부의 신념에 따라 소화전이 되겠다는 것이었다. 그는 우리 부부처럼 공공재가 되겠다는 사람들이 늘면 좋겠다고 덧붙였다. 막내 피디의 기획에 따라 진행된 코너의 첫 사연이었다. 나는 방송에서라도 '되고 싶다'거나 '가지고 싶다'고 써야 하는 게 아니냐며 이의를 제기했지만 받아들여지지 않았다. 누군가는 '되겠다'는 말이 막막한 현실에서 벗어나고자 하는 바람의 표출이라고 했고, 어떤 이들은 윤회적

발상이라고도 했다. 미래형 동사라는 말도 들려왔지만 어쨌거나 나는 이 말이 유행어처럼 남발되고 있는 현상이 달갑지만은 않았다. 강은 사연을 맛깔나게 읽은 후 소방차의 〈어젯밤 이야기〉를 선곡했다. 신시사이저 연주가 방방 울려댔다.

"이 아내, 갑갑하겠는걸."

노래가 나가는 동안 강은 마이크 볼륨을 올리더니 누구에게랄 것도 없이 말을 던졌다. 그는 혼자 있을 때면 무슨 말이든 해야 했다.

"자신의 신념이 아니라 부부의 신념이라 썼잖아. 어떻게 두 사람의 신념이 똑같을 수가 있는 거지? 그건 도무지 불가능한 일이야."

"도무지는 도모지라는 사형 방식에서 비롯한 말이래요."

강의 말을 받아주는 건 막내 피디밖에 없었다.

"사형이라고?"

"물 먹인 한지를 얼굴에 발라 질식시키는 형벌이래요."

강은 잠깐 생각에 잠기더니 찡그린 얼굴로 말했다.

"유도등이 된다는 건 형벌인지도 몰라."

강은 소화전과 유도등이 상징적인 물건이라고 말했다. 공개적으로 아내가 유도등이 되겠다는 것을 알려 그 쓰임을 명시하려는 게 이 사연의 목적이라는 것이었다.

"둘은 부부고, 유도등과 소화전은 어쨌거나 같은 공간에 있는 거잖아요."

"그래, 그거야. 그야말로 도모지잖아. 이 놀이를 잘못 이해하고 있는 거라고."

놀이라고 말은 했지만 강은 이 코너를 말장난 이상으로 받아들이고 있는 것이 분명했다.

"선배, 너무 멀리 가지 마세요."

강은 막내의 애교 섞인 질책에도 아랑곳하지 않고 말을 이었다.

"남편은 원래 소화기를 권유했을 거야. 하지만 아내는 남편과의 합의점을 찾아 유도등을 선택한 거지. 소화기와 소화전은 떼려야 뗄 수 없는 사이지만 적어도 비상구 유도등은 천장에 붙어 있잖아. 색깔도 달라. 본질이 다른 거지."

이제 음악은 10초를 남기고 있었다. 막내가 오른손을 들자 오디오 감독이 콘솔을 주시했다.

"창고가 되겠다는 건 어떤 마음일까?"

그때 강이 스치듯 뱉은 혼잣말이 내 귓전을 때렸다. 나는 강의 얼굴을 똑바로 쳐다보았다. 온에어에 사인이 들어오자 강은 문자로 도착한 짧은 사연들을 소개하며 코너를 마쳤다. 부스를 빠져나온 강은 나에게 다가와서 자신은 욕조가 되기로 결심했다고 말했다. 나는 창고에 대해 묻고 싶었지만 강의 진지한 표정에 그만 웃음을 내비쳤다. 강은 제작진에게 새 코너가 재미있다고 말한 뒤 서둘러 퇴근해버렸다. 재미라니. 사람들은 되고자 하는 것을 너무 쉽게 고백했다. 오래전부터 꿈꿔왔던 일처럼 진지하게도 말이다.

돌이켜보면 창고가 되겠다고 선언하기 전부터 아내는 어떤 징조를 보여온 것이 분명했다. 청진기만 해도 그랬다. 아내는 냉장고와 밥솥과 식탁에 청진판을 대고는 가만히 듣고 있기도 했다. 달리 무슨 소리가 들릴까 싶었지만 아내의 표정은 묘하게 바뀌었다. 처음에는 스트레스를 푸는 방법이겠거니 하고 대수롭지 않게 넘기려 했지만 날이 갈수록 정도가 심해졌다.

"적당히 하지 그래."

나는 참다못해 아내에게 지그시 말했다.

"당신이 적당한 걸 좋아하는 사람이기 때문에 지구가 둥글다고 말하는 거라고요."

아내는 느닷없이 지구를 들먹였다. 언젠가 나는 오프닝 멘트에 '둥근 지구'라는 말을 쓴 적이 있었다. 아내는 그걸 들었는지 퇴근 후에 나를 앉혀놓고선 지구가 둥글다는 건 단선적인 사고라고 일러주었다. 나는 아내의 말에 동의할 수가 없었다. 지구는 확실히 둥글고, 그건 적당한 취향과는 관련이 없었다. 하지만 아내는 고집스럽게도 의견을 굽히지 않았다.

"축구공도 둥글다고 어디 한번 말해보시죠."

나는 틈을 두지 않고 당연하다고 말했다. 그러자 아내는 휴대전화로 축구공 이미지를 찾아서 내게 보여줬다.

"이래도요?"

아내는 당당하게 말했지만 누가 봐도 축구공은 둥근 물체였다. 내 표정이 성에 차지 않았는지 아내는 저금통에서 동전을 꺼내 이건 어떠냐고 물었다. 더 이상 말장난은 피하고 싶어 그건 납작하다고 했다. 아내는 다소 누그러진 투로 말했다.

"이해를 바라는 게 아니라요, 정말로 지구는 둥글지 않다고요."

밤이 늦도록 아내와 연락이 닿지 않자 우리가 나누었던 대화들이 머릿속에서 멈추지 않고 반복 재생되었다. 아내는 둥글지 않은 지구의 어디쯤에 있는 것일까. 무슨 일을 해도 손에 잡히지 않아 지난 원고를 들춰보았다.

원고는 내게 일기와도 같았다. 결혼 전의 원고와 결혼한 이후의 원고는 다시 보아도 확연하게 달랐다. 피니와 선배 작가들은 결혼의 힘이라며 엄지를 치켜들기도 했다. 바뀐 것은 원고만이 아니었다. 아내는 세상사에 관심이 없었다. 누가 대통령이 되었는지, 연예인이 누구와 사귀는지, 정치인이 어떤 잘못을 저지르고 있는지 아내와 대화를 나눈 적이 없었다. 아내가 곧잘 물어오는 것이라곤 열네 살 때의 내가 하프 마라톤 대회에서 준우승을 했을 당시에 신었던 신발 색깔이나 그날의 저녁 반찬, 라디오에서 나왔던 노래나 천장 벽지의 무늬 같은 것이었다. 나는 아내를 위해 잘 기억나지 않는 그때의 풍경을 지어내거나 윤색하고는 했다.

결혼한 이후로는 그것에 대해 이야기할 기회가 더 많았다. 아내는 평범하고 뻔해도 괜찮으니 솔직한 이야기를 해달라고 했다. 꾸미지 않고 과장하지 않은 이야기를.

"그럴듯한 게 좋은 것만은 아니라고요."

나는 사사로운 기억까지 훑어내 보다 담백하게 말해주었다. 아내는 내가 그렇게 말하는 것이 더 좋다고 했다. 아마도 그즈음부터 원고가 조금씩 달라졌을 것이다. 나는 아내를 통해 얼마간 변하고 있었다.

"도와 레 사이, 미와 파 사이, 그 사이에 두는 마음의 연주를 들을 수 있나요. 사랑은 사이에 있는 마음의 음정입니다."

강이 원고를 읽었지만 이건 아내에게 전하는 나의 세레나데였다. 아내는 라디오를 듣다가 꽤 오랫동안 울었다고 했다. 나는 눈물을 흘리며 치아를 만드는 아내의 모습을 떠올려보았다. 창고가 되겠다는 건 어떤 음정의 마음일까. 그날 밤 아내는 집으로 돌아오지 않았다.

잠을 깨우는 집요한 벨 소리에 눈을 떠보니 방 안으로 환한 빛이 새어들고 있었다. 사방을 더듬거려 전화기를 집어 들었다. 막내 피디였다.

"강 선배 요즘 불안했잖아요."

막내의 말에 순식간에 잠이 달아났다.

"홍보 팀에서 공개방송 때문에 계속 전화했는데 어젯밤부터 꺼져 있대요."

어젯밤 강은 내게도 연락하지 않았다. 그는 누구와 무엇을 했을까.

"시도 때도 없이 연락해대는 사람들이 문제 아니냐?"

"지금이 몇 시인데 그런 말이 나와요?"

시계를 보니 오후 4시였다.

"강 선배 집 아시죠?"

"약 먹고 자고 있을지도 모르잖아."

"만에 하나 그게 아니라면, 그리고 오늘 방송은요?"

막내는 나를 붙잡고 늘어졌다.

강의 집에는 서너 번 정도 다녀온 적이 있었다. 강은 뭔가에 홀린 듯 다급하게 나를 집으로 부르기도 했다. 메신저 창에 그의 집 현관 비밀번호가 남아 있을 것이었다. 택시를 타고 강의 집으로 향하는 동안 상식으로 해결할 수 없는 질문들이 솟구쳐 오르기 시작했다.

원룸은 어둡고 습했다. 암막 커튼 사이로 조각난 빛의 잔상만이 가까스로 남아 있었다. 여전히 침대와 러닝머신이 전부였다. 욕실 문이 조금 열려 있었고, 그 틈을 비집고 나온 빛이 사선으로 떨어졌다. 비스듬하고 기하학적인 빛의 무늬에는 강의 울음소리가 스며 있었다. 나는 가슴이 철렁 내려앉았다. 무슨 일이 벌어진 것이 분명했다. 거기, 하며 낮은 소리를 내보았다. 울음소리는 작고 지속적이지만 빈틈없이 들려왔다. 어떤 것도 방해할 수 없을 만큼 밀도 높은 울음이었다. 나는 문을 슬쩍 열어보았다. 강은 즐겨 입는 가죽 재킷 차림으로 욕조 안에 웅크리고 있었다.

 "왔냐?"

 마치 내가 올 것을 알고 있었다는 듯이 말했다. 순간적으로 험한 말이 튀어나올 뻔했지만 눅진한 그의 얼굴을 보자 마음이 가라앉았다.

 "너 거기서 뭐 하는 거야?"

 나는 욕실 안으로 들어가지 않았다. 억지로 울음을 삼키며 강이 말했다.

 "영화 속 브루스 윌리스와 가수 브루스 윌리스는 같

은 사람 맞지?"

"맞아. 우리가 아는 브루스 윌리스는 한 명뿐이니까."

"그 사람이 왜 내 이름을 부르고 있는 거지?"

그의 증세는 이전보다 심각해 보였다.

"창고가 되겠다는 건 어떤 마음이겠냐고 말한 이유가 뭐냐."

나는 속내를 물었다. 더 이상 시간을 낭비할 순 없었다. 여기까지 온 것도 그 말이 신경 쓰였기 때문이었다.

"그걸 내가 어떻게 알겠어. 청취자들의 사연을 어떻게 다 이해하겠느냐고."

사연이라니. 누군가 창고가 되겠다는 사연을 보냈단 말인가.

"유진이 말이다."

강의 목소리가 낮게 울려 퍼졌다. 유진은 강의 전처였다.

"이혼할 무렵에 같이 있을 때가 가장 불안했다. 누구와 대화를 나누는 건지도 모를 정도로 눈동자가 텅 비어 있더라. 유진이가 위험한 상태라는 건 알고 있었지만 이 정도였는지는 몰랐다."

강은 욕조에 깊이 파묻힌 채 말을 이었다.

"단 한 마디 예고도 없이 가버렸다. 배 작가님, 욕조가 되겠다는 건 어떤 기분인 걸까."

강이 손을 뻗어 레버를 올렸다. 샤워기에서 물이 떨어졌다. 이내 거울이 뿌옇게 변했다. 수증기가 자욱하게 욕실을 점령해갔다. 강은 점차 욕조에 잠기고 있었다. 나는 강에게 다가가 멱살을 잡아 쥐었다.

"넌 뭐 하고 있었던 거냐. 그 정도밖에 안 되는 놈이었냐."

나는 강의 무기력한 모습에 화를 냈지만 그건 강에게 하는 말만은 아니었다. 강은 울음을 그치지 못했다.

"유진이가 욕조가 되겠다는 걸 트위터에 남겼더라. 나만 모르고 있었어."

강은 더 이상 자신 있는 목소리로 청취자를 사로잡던 디제이가 아니었다. 나는 그를 욕조에서 끌어내 거실로 데리고 나왔다. 곧 막내 피디가 도착할 것이었다.

"무언가 되겠다는 건 이미 되돌릴 수 없는 상태라는 거야."

강은 체념한 듯 중얼거릴 뿐이었다.

정처 없이 떠돌다 기운이 빠져 돌아가면 샤워를 막 마친 아내가 베란다에 앉아 창밖을 물끄러미 내다보고 있을 것 같았다. 나는 전철역 주변을 배회했다. 포장마차와 편의점과 커피숍에 들러 아내가 없는 것을 확인했다. 주점 창문으로 안을 들여다보기도 했다. 아내는 어디에도 없었다. 두려운 마음이 들기 시작했고, 발걸음이 조급해졌다. 나는 조금씩 비켜난 순간들을 바로잡고 싶었다.

집으로 돌아와 라디오국 홈페이지에서 그 사연을 찾아냈다. 처음 보는 아이디였다.

저는 차라리 창고가 되겠어요.

사연은 단 한 줄뿐이었다. 아이디로는 무엇도 알아낼 수 없었다. 아내의 이름으로, 나이와 출신 학교로도 검색을 해보았다. 어디에도 아내의 흔적은 없었다. 마지막으로 그가 남긴 한 줄의 문장을 검색했다. 1초도 되지 않아 수십만 개의 검색 결과가 쏟아졌다. 사람들은 이제 무엇이든 되겠다고 선언했고, 그 다짐을 저마다의 방식으로 게시하고 있었다.

소리를 듣고 있었어요.

문득 아내의 목소리가 들리는 것만 같았다. 나는 베란다에 쪼그리고 앉아 아내의 시선이 향했을 만한 곳을 찾아보려고 애썼다. 해진 벽돌과 붉은 조명, 거미줄 같은 전깃줄 사이로 보이는 한 뼘 하늘이 전부였다. 새로울 건 없었다. 치과에서는 아내가 일주일 전에 퇴사를 했다고 알렸다. 아내는 어디로 출근했던 것일까. 태연히 아침을 먹고, 가방을 메고, 밖으로 나가 무엇을 하고 온 것일까. 창고가 되겠다는 생각을 한 건 언제부터였을까. 어떤 마음으로 창고가 되겠다고 한 것일까. 누구에게 연락을 하면 될까. 나는 어디로 가야 하는 걸까. 나는 아내가 했던 대로 청진기의 헤드셋을 끼고 청진판을 창문에 붙여보았다. 과장되어 들려오는 정체불명의 잡음에 귓속이 먹먹해졌다. 그때였다. 무언가가 쉭 하며 베란다 앞을 지나갔다. 너무 빨라 형체도 알아볼 수 없었다. 청진기를 내려놓고 창가로 다가섰다. 밖에서 희미하게 소리가 들려오고 있었다. 창문을 열자 좀 더 크게 들렸다. 새들의 울음소리였다. 정확한 위치는 알기 어려웠지만 빌라 외벽에 새가 둥지를 친 모양이었다. 아내도 분명 이 소리를 들었을 것이었다. 여태껏 몰랐다는 것이 이상할 정도로 새들의 지저귐은 또렷하고 생생하게 집 안으로 흘러들었다. 나는 그 소리 탓에 잠들지 못했다.

다음 날 아침, 파출소로 가서 실종 신고를 했다. 경찰은 단순 가출일 확률이 높다며 주변인들에게 연락을 해보라고 조언했다. 아내의 인적 사항과 연락처를 기입하는데 문득 시골집이 떠올랐다. 아내의 고향은 여수의 낭도라는 섬마을이었다. 단 한 번, 아니 장모님의 장례 때를 포함해 두 번 가본 곳이었다. 대학 진학을 위해 스무 살에 섬을 나온 아내는 2년에 한 번씩 섬에 들어갔다. 명절이나 집안 대소사 때문은 아니었다. 섬이 문득 아내를 부르는 날이 있다고 했다. 하지만 그곳에도 없다면…… 더 이상 생각의 폭을 넓혀가면 안 될 것 같았다.

"마디마다 숨소리가 나네."

"손가락에서 어떻게 숨소리가 나요."

언제였을까. 아내가 손가락을 바라보며 혼잣말을 했을 때 나는 괜스레 핀잔을 줬다. 그것이 통증의 은유였다는 것을 이제야 짐작할 따름이었다. 어떤 기억은 벼랑 끝 나뭇가지에 간신히 매달려 있었다. 나는 손을 거두지도, 더 멀리 내뻗지도 못한 채 그 장면을 지켜볼 뿐이었다.

먼저 편지를 쓴 사람은 아내였고, 만나자고 한 사람도 아내였다. 아내를 처음 만난 것은 공개방송 때였다. 아내는 누구도 관심을 준 적 없던 방송 작가를 기어코 찾아내 작은 종이 가방을 건넨 뒤 사라졌다. 종이 가방 안에는 조지 해리슨의 시디와 편지가 들어 있었다.

10월 7일 방송의 오프닝 멘트 있잖아요. 사람이 사람을 이해하기 위해서는 온 우주의 에너지를 써야 한다. 제 마음과 꼭 같아 그 후로 놓치지 않고 듣고 있어요.

나는 호기심과 설렘을 담아 다음 날 방송의 오프닝 곡으로 비틀스의 〈Something〉을 선곡했다. 어떻게 알았는지 휴대전화로 아내에게 연락이 왔다. 돌이켜보면 아내는 나에게 기대나 확신을 품고 있었던 듯하다. 하지만 아내가 보낸 편지에는 오류가 있었다. 그날 나는 오프닝 원고에 '사람이 사랑을 이해하기 위해서는 온 우주의 에너지를 써야 한다'고 썼다. 디제이가 잘못 말한 건지, 아내가 잘못 알아들었는지 정확히 알 수는 없었다. 하지만 사람과 사랑 사이에는 분명한 골이 존재했다. 미음과 이응은 사각형과 동그라미처럼 차이가 극명해서 영영 겹칠 수가 없는 것이다.

여수 여객선 터미널에 도착하자 해는 이미 기울어버렸다. 터미널에는 색색의 보따리를 인 아주머니들이 분주하게 걸어가고 있었다. 낭도로 가는 배는 하루에 두 번 있었고, 마지막 배는 이미 떠난 후였다. 터미널 화장실 벽면에는 수많은 전화번호가 낙서처럼 적혀 있었다. 그중 '낭도'라고 적힌 번호로 전화를 걸었다.

나는 통선 한가운데 있는 2인용 가죽 소파에 앉았다. 배는 컴컴한 밤바다를 날카롭게 갈라내며 빠르게 나아갔다. 찢어진 가죽 사이로 노란 솜이 튀어나와 있었다. 선장이 배를 몰면서 나를 힐끔대는 탓에 편히 기대지 못했다. 30분이 지나자 어둠 속에서 긴 선창이 나타났다. 그는 선창에 배를 대고 능숙하게 밧줄을 묶었다. 내가 일어나자 그는 곧장 천으로 가죽 소파를 구석구석 닦기 시작했다. 나는 녹이 슨 간이 계단의 손잡이를 잡고 배에서 내렸다. 그는 소파에 앉아 담배를 꺼내 물었다.

"한 시간이오. 못 올 것 같으면 미리 전화를 주시오."

왕복으로 뱃삯을 지불했기에 배에서 기다리려는 모양이었다. 툴툴거리던 엔진 소리가 멈췄다. 나는 섬을 향해 돌아섰다.

반기는 사람은 없었지만 어디 숨어 있던 것인지 모를 별들이 하늘에서 쏟아질 듯 반짝이고 있었다. 그날과 꼭 닮은 풍경이 펼쳐졌다. 바다는 선창을 중심으로 두 갈래로 나뉘었다. 밀려오는 파도에 맞춰 숨을 들이쉬던 아내의 모습이 눈앞에 보이는 것만 같았다.

"여긴 온통 갯벌이에요. 물에 잠겨도 갯벌은 늘 숨을 쉬어요."

아내의 얼굴은 밤공기처럼 맑았다. 아내는 어디론가 달려가더니 손수레를 끌고 돌아왔다. 우리는 꾸려온 짐을 모두 손수레에 실었다. 그러더니 아내는 폴짝 뛰어 손수레에 올라탔다.

"요령 있게 끌어봐요. 나는 지금 엄마 혼자 놔두고

결혼하겠다고 알리러 가는 딸 역할을 해야 하니까."

"잘된 일이라고 했잖아요, 장모님께도."

"그건 어디까지나 우리의 입장이에요."

나는 손잡이를 가슴팍으로 붙들고 수레를 끌었다. 울퉁불퉁한 길 위에서 몇 번이나 바퀴가 튀었는데도 아내는 신이 나 웃어댔다.

"더, 더, 더."

아내의 추임새는 혼선된 기억이 만들어낸 것인지도 몰랐다. 그날이 더웠는지 추웠는지도 이젠 가물가물하지만 처가댁에 도착하기 전에 와이셔츠 안쪽이 젖어버린 건 분명했다. 아내는 우물가 삼거리에서 오른쪽으로 꺾으라고 했다.

"여기서 우린 빨래를 했어요."

우리라는 말이 누구를 뜻하는지 정확히는 알 수 없었지만 아내의 목소리에는 오래된 풍경이 녹아 있었다. 나는 손수레를 끄는 데 정신이 팔려 뒤를 돌아보지 못했다.

"한 상 거하게 차려놨응께."

아내의 사투리는 처음 들어보았다. 하긴 우리가 함

께하는 순간에 처음이 아닌 일이 있었을까. 집은 낮은 돌담으로 둘러싸여 안이 훤히 들여다보였다. 어디에도 대문은 없었다. 나는 아내가 멈추라는 돌담 앞에 손수레를 세웠다.

"계십니까?"

문지방 너머로 밤이 고요하게 펼쳐졌다. 달빛이 내려앉은 마당은 어둡지 않았다. 처마 아래에만 시커먼 그림자가 드리울 뿐이었다. 나무 기둥을 더듬어 전등 스위치를 찾아냈다. 파밧, 하는 소리와 함께 처마의 전등이 켜졌다. 숨어 있던 고양이 두 마리가 재빠르게 서로를 쫓아 달아났다. 나는 멈칫하며 한 걸음 뒤로 물러났다.

집에는 아무도 없었다. 오래전부터 누구도 없었다. 집이 그렇게 말해주었다. 나는 기둥 초석에 털썩 앉았다. 휴대전화로 시간을 확인했다. 배가 출발하기까지 40분이 남았다. 20분 후에는 출발해야 할 터였다.

마당 한편에 축사로 쓰던 창고가 있었다. 예전에는 축사 안에 화장실이 있었다. 하지만 내가 문을 열었을 때 냄새나던 재래식 화장실은 온데간데없었다. 창고에 들어서자 어디선가 바람 소리가 들려오는 것 같았다. 다리가 떨리고, 몸이 떨렸다. 아내가 창고가 되겠다고 말했을 때 무슨 말이라도 했다면 지금 이 순간은 달라졌을까. 늘 한마디가 모자란 것인지도 몰랐다.

섬에 도착한 그날, 장모님은 개불과 멍게, 따개비와 구운 우럭을 먼저 내주셨다. 내가 밥을 한 그릇 비우자 이번에는 양푼에 큼지막한 고깃덩어리를 덜어 오셨다. 염소라 했다. 수놈을 잡아 고기를 썰고 남은 것으로 즙을 짰으니 가져가라고 하셨다. 아내는 흑색의 살코기를 떼어내 빈 밥그릇 안에 넣어주었다. 고기를 다 먹고 나자 굴을 넣은 김국이 나왔다. 나는 처음 먹어보는 갯가 음식에 이내 배를 부여잡고 마당의 창고로 내달렸다. 장모님과 아내의 웃음소리가 들려왔지만 체면을 차릴 여유가 없었다.

재래식 변기는 군대 훈련소 이후 처음이었다. 벨트를 풀고 바지를 내리자 서슬 같은 바람이 사타구니를 훑어댔다. 나는 쪼그리고 앉아 긴장을 풀었다.

"그 꿈 말이에요."

아내의 목소리가 벽 너머에서 들려왔다. 나는 어쩐지 뻘쭘해서 괜스레 헛기침만 연신 해댔다. 찬 바람이 사정없이 엉덩이를 긁어댔다. 고개를 들어보니 지붕이 뚫려 있었다. 별 무리가 달려들 기세로 빛을 내뿜었다.

"치아가 구강으로 나가지 않고 먼 모험을 떠난 이유는 간단해요. 확인하고 싶었던 거예요. 냄새나는 입안에 갇힌 채 평생을 희생한 자신들의 쓸모가 과연 무엇이었는지 말이에요."

아내는 훗날 자신이 꾸게 될 꿈 이야기를 하고 있었다. 어쩌면 미래의 아내가 나타나 이미 꾸었던 꿈을 이야기하고 있는 건지도 몰랐다. 아내와 나는 아직 결혼하기 전이었는데, 마치 여태껏 함께 살아온 사람들처럼 대화를 나누었다.

"그렇다면 그 꿈은 전지적 시점이었나요?"

아내는 쿡 웃었다. 창고의 가벽은 작은 소리도 차단하지 못했다.

"일인칭이에요. 나는 당신을 분명히 알아볼 수 있었어요. 저항군의 긴 여정을 지휘한 자가 바로 당신이었거든요."

"나는 그럴 배짱이 없는걸요."

"어쩌면 대장은 나였는지도 몰라요."

"음, 과연. 그렇다면 나는 당신을 호위하는……."

"사랑니겠죠."

그러자 거짓말처럼 이가 욱신거렸다. 오른쪽 어금니 뒤로 누운 작은 뼈가 혀에 닿았다.

"사랑니 난 거 어떻게 알았어요?"

아내는 답이 없었다. 나는 조바심에 서둘러 질문을 이었다.

"창고가 되겠다고 한 까닭은요?"

아내는 더 이상 응답하지 않았다.

바람이 한차례 몸을 훑고 지나갔다. 바람에는 재래식 화장실 특유의 누린내가 섞여 있었다. 창고의 어둠 속에서 기척이 느껴져 돌아보니 작은 짐승의 실루엣이 보였다. 한순간 새끼 염소 한 마리가 어둠을 뚫고 나와 벌거벗은 허벅지를 향해 머리를 들이밀었다. 이방인에게 화가 난 모양이었다. 나는 달려드는 새끼 염소를 가까스로 붙들고 등허리를 쓰다듬었다. 털이 곱고 부드러웠다. 염소를 진정시킨 뒤 바지를 올리고 벨

트를 채웠다. 그제야 창고 안이 눈에 들어왔다. 농기구와 페인트와 기름통과 볏짚과 염소 우리가 있는 널찍한 창고였다.

"이 밤이 지나고 나면 나는 당신을 당신이라 부를 거예요. 당신도 나를 당신이라 부를 거고요. 우리는 서로에게 당신이 될 겁니다."

아내는 대답하지 않았다. 문득 아내가 치기공사를 선택한 이유는 온종일 라디오를 들을 수 있기 때문이라고 말했던 게 생각났다.

"라디오."

나는 옷매무새를 고르고 힘주어 말했다.

"나는 창고 안의 라디오가 되겠어요."

"창고에 전기가 없으면요?"

아내의 목소리가 들려왔다. 대화가 끊길까 봐 얼른 답을 붙였다.

"태양광으로 돌아가는 라디오거든요."

"어두컴컴한 창고 속에 있을 텐데요."

"천장이 뚫려 있어요. 그래서 늘 하늘이 보이죠."

"별도 보일까요?"

"눈송이와 소나기와 한 쌍의 새도 보일 겁니다."

"그럼 어떤 사연을 읽어줄 거죠?"

"당신이 봉숭아 물을 들일 때 신었던 신발이나 그날 먹었던 솜사탕의 색깔 같은 거. 우물에서 빨래할 때의 표정 같은 거."

"그런 걸 청취자가 좋아하기나 할까요?"

"그렇다면 밀크셰이크를 좋아하는 여자에 대해 말해주겠어요, 청취자 양반."

"나는 양반이 아니라 창고란 말이에요."

"창고님은 오늘 어떤 물건을 수납하셨죠?"

"못생기고 주파수도 못 잡는 트랜지스터라디오. 게다가 태양광이에요. 고장도 나지 않는. 아니, 고장이 나서 창고에 있는 거예요. 그래서 주인은 영 심술이 나버렸어요."

"주인이 누구죠?"

"창고가 주인이에요."

아내의 수줍은 웃음소리가 들려왔다. 아내가 그렇게 웃는 것을 보지 못해 아쉬웠다.

"당신이 사라진 그 밤에 밀크셰이크를 샀어요. 그걸

왜 그렇게 좋아하나 궁금했거든요."

그날 나는 밀크셰이크 한 컵을 빨대로 천천히 마셔보았다.

"소리 때문이죠? 온 우주가 빨려 들어가는 듯한 소리가 밀크셰이크에서 나고 있었어요."

그 소리가 텅 빈 창고처럼 점점 비워지던 아내를 채우고 있었을 것이다.

"틀렸어요."

아내의 목소리는 단호했다.

"숨소리를 듣기 위해서예요."

숨소리라니. 더 이상 묻지 못했다. 그때 마침 전화벨 소리가 울렸기 때문이었다. 벨 소리에 온 감각을 기울이게 되었다. 어디에서 온 것일까. 어디로 가닿을까. 나는 창고의 벽에 두 손을 가져다 댔다. 그리고 아내에게 하지 못했던 말을 하기로 결심했다.

"당신이 처음으로 내게 쓴 편지 말이에요. 원고에는 사람이 아닌 사랑이라고 적혀 있었어요. 사람이 사랑을 이해하기 위해서는 온 우주의 에너지를 써야 한다고."

"알고 있어요."

아내는 대수롭지 않게 말했다.

"그건 순전히 다른 뜻이잖아요."

"같은 뜻이기도 해요."

아내는 그렇게 말하며 밤하늘을 올려다보았다. 창고 벽에 가로막혀 있어도 이제 나는 아내를 볼 수 있었다. 나는 무엇이든 될 수 있을 것 같은 기분이 들었다. 오래된 트랜지스터라디오가 되어 아내를 향한 주파수를 쏘는 것이다. 창고의 가벽 너머로, 우리가 마주할 수 있는 밤으로, 영원으로, 우주가 빨려 들어가는 소리를 들려줄 수 있을 것이다.

아니, 그건 단지 숨소리라고 창고가 말했다.

©오성은

할머니는 여린 숨을 내쉬며 가만히 누워 있었다. 창백한
얼굴은 더 이상 내가 기억하는 모습이 아니었다. 손과 발은
시퍼렇게 부어 있었고, 손목과 발목은 뼈만 남아 손에 닿는
게 두려웠다. 나는 재빨리 이불을 덮어 할머니의 살갗을 감
추었다. 엄마는 침대 건너편에서 할머니의 얼굴과 흰 머리카
락을 연신 쓰다듬고 있었다. 엄마는 엄마라고 여러 번 불렀

다. 할머니는 텅 빈 눈동자만 내비친 채 그 소리를 흘려보냈다. 보다 못한 간호사가 할머니의 침대를 기울인 뒤 두어 번 어깨를 두드리며 병실이 울릴 정도로 크게 '엄마, 딸하고 손자가 왔네'라고 말했다. 나는 간호사가 할머니를 조금 거칠게 대하는 것 같아 예민하게 주시하고 있었는데, 그 순간 할머니가 멍울진 핏덩어리를 뱉듯 '오야'라고 소리쳤다. 그 말을 듣는 순간 엄마와 나는 서로를 희끗 쳐다보았고, 끈질기게 참던 울음을 저 멀리 던져버린 채 맑은 웃음을 숨김없이 드러냈다. 엄마는 엄마라고 몇 번 더 불렀다. 나는 당장에 할머니가 그 말을 나에게 쏟아냈던 나날들을 떠올렸다. 엄마와 나는 한 번 더 오야를 기다렸다. 그것이 다가올 어떤 세계에 대한 강력한 저항이라는 것을 우리는 모르지 않았다. 나는 할머니를 부르고, 엄마는 엄마를 불렀다.

병실을 떠나기 전 엄마는 할머니의 가슴에 손을 올려보기도 하고, 입가에 귀를 가져다 대며 어떤 소리를 찾아내려 했다. 나도 엄마처럼 할머니의 얼굴에 가까이 다가가 '또 올게요'라고 말했다. 그 순간 할머니의 입에서 나는 지독한 냄새가 나를 저어하게 했다. 그것이 마지막이었다. 할머니는 우리의 부름에 응답하지 않았고, 그러지 못했고,

나는 '또 올게요'라는 말을 지킬 수 없게 되었다. 우리는 영영 헤어졌다.

할머니의 집은 서까래가 앙증맞게 뻗은 구옥으로 부엌에는 가마솥이 있고, 아래에는 요강이 있고, 뒷마당에는 지게가 있었다. 그리고 마당 한편에 창고가 있었다.

여덟 살인가, 아홉 살 때 동네 어른들이 모여 염소를 한 마리 잡다 창고의 외벽에 거꾸로 매달아두었다. 호기심이 동해 무엇을 하려나 보고 있었는데, 염소의 머리에 두건을 씌우더니 해머로 내려치는 것이 아닌가. 나는 염소가 끅, 하며 죽어버리는 것을 보았다. 어른들은 김이 오르는 피를 받아 서로 나눠 마셨다. 참혹한 야만에 그만 화가 치밀었는데 나를 끌어안은 사람은 누구도 아닌 그 일을 지시한 할머니였다. 할머니는 키우던 염소를 잡아 자식들에게 약으로 보낼 작정이었다. 그때는 무엇 하나 제대로 이해할 수 없었다. 다만 창고에 대한 공포가 생겨 가까이 가기 두려웠다. 하지만 창고에 가지 않을 수가 없었다. 시골집의 유일한 화장실이 그곳에 있었기 때문이었다. 그날 이후로도 나는 하루에 한두 번은 창고의 어둠 속에서 웅크릴 수밖에 없었다.

창고의 절반은 염소 우리로 쓰였기에 기묘한 체험을 하게 되었다. 재래식 변기는 앞뒤 구분이 없었고, 짐작건대 염소는 이방인을 달가워하지 않았으며, 나로서도 머쓱해 창고의 벽을 바라보며 볼일을 보게 되었다. 등 뒤에서 염소 몇 마리가 울어댔고, 내 앞은 온통 회색 벽이었다. 그 순간 오직 창고만이 내가 마주한 세계의 전부, 아니 세상과 만나는 유일한 공간이었다. 창고 안에서 나는 할머니를 애타게 불렀다. 몇 초의 틈도 두지 않고 할머니가 거기에 있다는 것을 확인했다. 할머니는 오냐, 오냐, 하면서 당신이 아직 그곳에 있다는 신호를 보냈다.

어른이 된 뒤 다시 창고를 마주하게 되었다. 염소 우리나 냄새나는 재래식 화장실은 없었다. 그곳은 어두컴컴한 세계가 아닌 좁고 낮은 평범한 창고일 뿐이었다. 나는 할머니의 흔적을 찾아보려 애썼다. 먼지가 쌓인 선반을 더듬고, 오래된 궤짝을 열어보고, 텅 빈 장독대를 들여다보기도 했다. 처마 아래 앉아서, 텃밭 앞에 서서, 돌담 너머를 바라보며 할머니를 생각했다. 어느 날에는 깊은 우물 속에서 간신히 건져 올린 어떤 소리를 구하게 될 수도 있다고 믿고 싶었다.

그러다 내가 부르지 않아도, 간절히 바라지 않아도 그 소리가 어딘가를 통과해 우연히 내게 도착한다면 얼마나 좋을까 싶었다. 바람이 나를 스쳐 갔고, 해는 저만치 기울어버렸다. 누구도 응답하지 않을 것만 같은 오후가 흐르고 있었다. 오야, 오야. 할머니가 내 부름에 답하는 소리를 다시 듣고 싶었다.

| 소설집 |

미니어처 하우스

1판 1쇄 발행 2020년 3월 9일

지은이 · 김아정 박규민 박선우 오성은
펴낸이 · 주연선

총괄이사 · 이진희
책임편집 · 최고라 박연빈
본문 디자인 · 김지수
마케팅 · 장병수 김진겸 이한솔 이선행 강원모
관리 · 김두만 유효정 박초희

(주)은행나무

04035 서울특별시 마포구 양화로11길 54
전화 · 02)3143-0651~3 ┃ 팩스 · 02)3143-0654
신고번호 · 제 1997-000168호(1997. 12. 12)
www.ehbook.co.kr
ehbook@ehbook.co.kr

잘못된 책은 바꿔드립니다.

ISBN 979-11-90492-38-6 (03810)

* 한국문화예술위원회 한국예술창작아카데미는 만 35세 이하 차세대 예술가가
참여하는 연구 및 작품 창작 과정입니다. 2019년 한국예술창작아카데미 문학 분
야는 시인 4인과 소설가 4인을 선정하였으며, 이 책은 한국문화예술위원회의 지
원으로 제작된 소설가 4인의 작품집입니다.